日文初學 20堂課

從五十音進擊日文

2

甘英熙・三浦昌代・佐伯勝弘・
佐久間司朗・青木浩之 ◎著
關亭薇 ◎譯

MP3
寂天雲 APP

如何下載 MP3 音檔

❶ 寂天雲 APP 聆聽：掃描書上 QR Code 下載
「寂天雲 - 英日語學習隨身聽」APP。加入會員
後，用 APP 內建掃描器再次掃描書上 QR Code，
即可使用 APP 聆聽音檔。

❷ 官網下載音檔：請上「寂天閱讀網」
（www.icosmos.com.tw），註冊會員／登入後，
搜尋本書，進入本書頁面，點選「MP3 下載」
下載音檔，存於電腦等其他播放器聆聽使用。

　　日語中有漢字，所以華文圈的學習者學日文佔有相當的優勢。另外，在發音上，站在音韻學的角度來看，日語發音雖然被歸類在不同的體系，更有一些中文中沒有的發音，但是日語中幾個重要的發音，並不會讓台灣的學習者感到困難。

　　本教材以循序漸進的方式引導讀者以學習為宗旨，設計詳細的學習步驟。

　　《讚！日文初學20堂課：從五十音進擊日文》第一冊先從五十音假名學習開始，完整介紹完假名之後，開始進入名詞、形容詞等句型會話內容。

　　第二冊開始引導學生學習動詞句，從表示存在的「あります／います」開始展開序幕，慢慢開始介紹動詞的「ます形」、「辭書形」、「て形」、「ない形」等等。一步步慢慢打好學習基礎。

　　像這樣步步扎穩再進行下一步的方式，或許引起讀者「難以符合進階學習」的質疑。但是我們編者群認為一本好的初級日文學習書，重點不在於書裡羅列所有的文法，而是先將相對**容易理解，以及便於活用的內容**加以納入書中，引導學習者快樂學習並獲得成就感，如此才能繼續學習下去。

　　我們不希望學習者在初期階段就遭遇困難的高牆，對日文失去興趣而半途而廢。編者群真心期盼學習者們能因為本教材而產生「日語真的既簡單又有趣」的想法。

　　學習外語就像一段漫長的旅行，我們通常難以一次備齊所有的旅行用品。同樣的道理，即便是極為優秀的教材也難以面面俱到。本教材為首次展開日語學習之旅的各位，提供了滿滿的必學重點，同時在細心編排之下，有效避免學習者遭遇失敗。

　　只要與本書一同踏上日語學習之旅，保證絕對不會讓你停滯不前、走冤枉路。希望本書能對學習日語的各位有所幫助，也期盼各位都能獲得良好的學習成效！

編者群　致

目錄

本書的架構與特色

第二冊開始進入動詞句的重點學習內容，承接第一冊的入門課程──假名學習、名詞、形容詞等等重點內容，在本冊中，開始進入動詞句的重點學習。課程架構如下：

1. 單元介紹

本課的標題，並簡單介紹本課的重點學習內容。

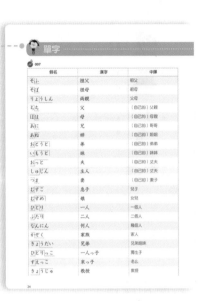

2. 單字表

列出課文新出現單字。

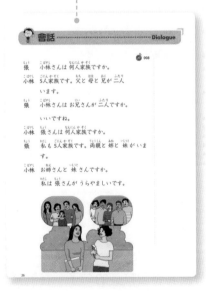

3. 會話

集合本課學習精華的會話本文。請先挑戰閱讀，並試著掌握文意。學習完所有文法規則後，再重新挑戰一次，自我檢視進步程度。

4. 學習重點

將本課必學的文法分類後逐一列出，並特別在各個文法下方提供大量例句，有助強化學習者的理解能力與學習動機。

5. 練習

熟悉「學習重點」的內容後，練習「填空完成句子」等題目，將重點精華內容消化後變成自己的東西。

6. 會話練習

依照提示回答問題，學習者可以根據情境自由回答。學習者可以在課堂內自行轉換成各種情境，提升學習的實境參與感。

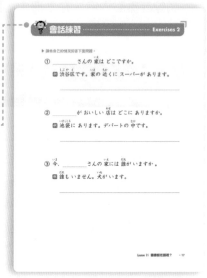

7. 應用練習

提供問句和答句，讓學習者可以自由選擇練習提問和回答。學習者可以聯想各種不同的情境，並挑戰應用新學會的用法，過程中將大大提升學習的成就感。

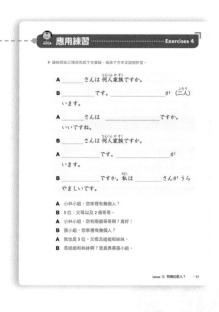

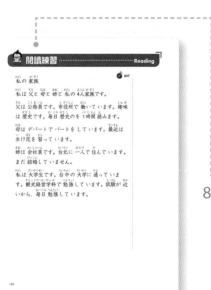

8. 閱讀練習

將本課的學習重點彙整成幾個較長的句子，在閱讀與理解的過程中，加深學習印象。請測試自己是否能完美解析每個句子，同時挑戰是否可以在發音毫無錯誤的狀況下，一口氣從頭讀到尾，兩者皆能提升學習成效。

9. 寫作練習

附加在「閱讀練習」後方，自行撰寫短文，作為各課最後的綜合應用練習時間。

10. 挑戰 JLPT！

提供各類日語考試中會出現的題型，不僅可以檢測自己的學習成效，還能熟悉日本語能力測驗中出現的題型，期待達到一箭雙鵰的效果。

＊生活字彙

提供與本課相關的基本詞彙，並附上圖片。

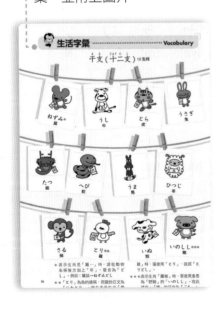

＊日本文化探訪

提供文化基本資訊和相關照片，期盼學習者更加了解日本。語言和文化可說是相輔相成，了解日本文化將有助於提升日語的能力。

🎵 50音

平假名

	あ行	か行	さ行	た行	な行	は行	ま行	や行	ら行	わ行	ん
あ段	あ [a]	か [ka]	さ [sa]	た [ta]	な [na]	は [ha]	ま [ma]	や [ya]	ら [ra]	わ [wa]	ん [N]
い段	い [i]	き [ki]	し [shi]	ち [chi]	に [ni]	ひ [hi]	み [mi]		り [ri]		
う段	う [u]	く [ku]	す [su]	つ [tsu]	ぬ [nu]	ふ [hu]	む [mu]	ゆ [yu]	る [ru]		
え段	え [e]	け [ke]	せ [se]	て [te]	ね [ne]	へ [he]	め [me]		れ [re]		
お段	お [o]	こ [ko]	そ [so]	と [to]	の [no]	ほ [ho]	も [mo]	よ [yo]	ろ [ro]	を [o]	

片假名

	ア行	カ行	サ行	タ行	ナ行	ハ行	マ行	ヤ行	ラ行	ワ行	ン
ア段	ア [a]	カ [ka]	サ [sa]	タ [ta]	ナ [na]	ハ [ha]	マ [ma]	ヤ [ya]	ラ [ra]	ワ [wa]	ン [N]
イ段	イ [i]	キ [ki]	シ [shi]	チ [chi]	ニ [ni]	ヒ [hi]	ミ [mi]		リ [ri]		
ウ段	ウ [u]	ク [ku]	ス [su]	ツ [tsu]	ヌ [nu]	フ [hu]	ム [mu]	ユ [yu]	ル [ru]		
エ段	エ [e]	ケ [ke]	セ [se]	テ [te]	ネ [ne]	ヘ [he]	メ [me]		レ [re]		
オ段	オ [o]	コ [ko]	ソ [so]	ト [to]	ノ [no]	ホ [ho]	モ [mo]	ヨ [yo]	ロ [ro]	ヲ [o]	

図書館は どこに
ありますか。

図書館在哪裡？

point

01 あります／います（非生命體／生命體　存在）

02 地點名詞

 001

假名	漢字	中譯
あります		有，在（表示無生命體的存在）
います		有，在（表示非生命體的存在）
とおり	通り	路；大街
こうえん	公園	公園
がいこくじん	外国人	外國人
いえ	家	家
にわ	庭	院子；庭院
うえ	上	上面
した	下	下面
なか	中	裡面
そと	外	外面
まえ	前	前面
うしろ	後ろ	後面
みぎ	右	右邊
ひだり	左	左邊
よこ	横	（橫向）旁邊
となり	隣	隔壁；旁邊
むかい	向かい	對面
コンビニ		便利商店
マンション		高級公寓
はなや	花屋	花店
スーパー		超市

びょういん	病院	醫院
えいがかん	映画館	電影院
テレビ		電視
つくえ	机	書桌
しぶやく	渋谷区	澀谷區
いけぶくろ	池袋	池袋
キャンパス		校園

ひろい	広い	寬廣的
ちかい	近い	近的
ほんかん	本館	主場館；主建築
～から		因為～

たいぺいし	台北市	臺北市
MRT		捷運
えき	駅	車站
とおい	遠い	遠的
いつも		總是
やま	山	山
りす		松鼠
とり	鳥	鳥

 002

中村 広い キャンパスですね。図書館は
　　　どこに ありますか。

林　　あそこです。本館の となりに
　　　あります。

中村 近いですね。カフェも ありますか。

林　　はい、図書館の 中に あります。

中村 今日は あまり 学生が いませんね。

林　　今日は 日曜日ですから。

Tip

「～から」表示
原因。

003

01 あります／います　　非生命體／生命體　存在

	肯定	否定
事物・植物	あります	ありません
人物・動物	います	いません

【例句】

❶ 田中_{たなか}さんは 教室_{きょうしつ}に います。

❷ 今日_{きょう}は お金_{かね}が ありません。

❸ 通_{とお}りに 猫_{ねこ}は いません。

❹ 公園_{こうえん}には きれいな 花_{はな}が あります。

❺ 外国人_{がいこくじん}の 友達_{ともだち}が います。

❻ 鈴木_{すずき}さんの 家_{いえ}には 庭_{にわ}が あります。

004

02　地點名詞

地點	ここ	そこ	あそこ	どこ
	這裡	那裡	那裡	哪裡

<table>
<tr>
<td>
うえ
上 上面</td>
<td>
した
下 下面</td>
<td>
なか
中 裡面</td>
<td>
そと
外 外面</td>
</tr>
<tr>
<td>
まえ
前 前面</td>
<td>
うし
後ろ 後面</td>
<td>
みぎ
右 右邊</td>
<td>
ひだり
左 左邊</td>
</tr>
<tr>
<td>
よこ
横
横向旁邊</td>
<td>
となり
隣
鄰近的旁邊</td>
<td>
ちか
近く
附近</td>
<td>
む
向かい
對面</td>
</tr>
</table>

Tip

「となり」僅限於同性質，只能用來表示人和人相鄰，或是指建築物和建築物相鄰。而「よこ」則沒有限制，在相鄰的狀況下皆可使用。

【例句】

❶ コンビニは 学校の 中に あります。
_{がっこう} _{なか}

❷ 私の マンションの 近くに 病院が
_{わたし} _{ちか} _{びょういん}
あります。

❸ 映画館は そこです。
_{えいがかん}

❹ テレビの 前に 猫が います。
_{まえ} _{ねこ}

Tip

日語中，當名詞的後方連接地點名詞時，地點名詞的前方要加上「の」。也就是表示「學校前方」時，日語為「学校の前」，當中請一定要加上「の」。

▶ 請依下方例句完成句子。

例

（桌子上面）

A 本<small>ほん</small>は どこに ありますか。

B 机<small>つくえ</small>の 上<small>うえ</small>に あります。

❶

（家的前面）

A 犬<small>いぬ</small>は どこに いますか。

B ＿＿＿＿＿＿＿＿＿＿＿＿＿＿＿

❷

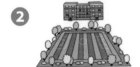

（本館的旁邊）

A 図書館<small>としょかん</small>は どこに ありますか。

B ＿＿＿＿＿＿＿＿＿＿＿＿＿＿＿

❸

（〔遠距〕那裡）

A 田中<small>たなか</small>さんは どこに いますか。

B ＿＿＿＿＿＿＿＿＿＿＿＿＿＿＿

❹

（電影院的旁邊）

A 花屋<small>はなや</small>は どこに ありますか。

B ＿＿＿＿＿＿＿＿＿＿＿＿＿＿＿

▶ 請依自己的情況回答下面問題。

① ＿＿＿＿＿＿さんの 家は どこですか。

例 渋谷区です。家の 近くに スーパーが あります。

＿＿＿＿＿＿＿＿＿＿＿＿＿＿＿＿＿＿＿＿＿＿＿＿＿＿＿＿＿＿＿

② ラーメンが おいしい 店は どこに ありますか。

例 池袋に あります。デパートの 中です。

＿＿＿＿＿＿＿＿＿＿＿＿＿＿＿＿＿＿＿＿＿＿＿＿＿＿＿＿＿＿＿

③ 今、＿＿＿＿＿＿さんの 家には 誰が いますか。

例 誰も いません。犬が います。

＿＿＿＿＿＿＿＿＿＿＿＿＿＿＿＿＿＿＿＿＿＿＿＿＿＿＿＿＿＿＿

▶ 請依照自己情況完成下方會話，或依下方中文說明作答。

A 広い キャンパスですね。＿＿＿＿＿＿＿＿は どこに
ありますか。

B あそこです。＿＿＿＿＿＿＿に あります。

A 近いですね。＿＿＿＿＿＿＿も ありますか。

B はい、＿＿＿＿＿＿＿に あります。

A 今日は あまり 学生が いませんね。

B 今日は ＿＿＿＿＿＿＿ですから。

A 好大的校園哦！圖書館在哪裡？

B 在那裡。在主建築旁邊。

A 很近耶。也有咖啡廳嗎？

B 有的，在圖書館裡。

A 今天學生不多吧！

B 因為今天是星期日。

わたし いえ
私の 家

 005

わたし いえ たいぺい し
私の 家は マンションです。台北市に あります。

えき とお
MRTの駅から あまり 遠く ありません。

えき ちか おお
駅の 近くには 大きい スーパーが あります。

ひと
スーパーに いつも 人が たくさん います。

うし やま
マンションの 後ろに 山が あります。

やま とり
山に りすや 鳥 などが います。

> **Tip**
> 「N₁や N₂ な
> ど〜」表示二
> 者以上列舉,
> 「N₁及 N₂ 等
> 等〜」的意
> 思。

▶ 請參考〔閱讀練習〕,並試著描述自己住家周邊的環境。

_____

_____

_____

_____

_____

挑戰 JLPT

問題1 _____ の ことばは どう よみますか。①・②・③・④から いちばん いい
もの を ひとつ えらんで ください。

1 つくえの <u>上</u>に 本が あります。

　① じょう　　　② げ　　　　③ うえ　　　　④ した

問題2 _____ の ぶんと だいたい おなじ いみの ぶんが あります。①・②・③・
④から いちばん いい もの を ひとつ えらんで ください。

2 <u>猫（ねこ）が テレビの 前（まえ）に います。</u>

　① 猫（ねこ）の 横（よこ）に テレビが あります。

　② 猫（ねこ）の 後（うし）ろに テレビが あります。

　③ 猫（ねこ）が テレビの となりに います。

　④ 猫（ねこ）が テレビの 後（うし）ろに います。

問題3 （　　　）に なにを いれますか。①・②・③・④から いちばん いい もの
を ひとつ えらんで ください。

3 部屋に きれいな 花が （　　　）。

①　あります　　②　います　　③　前です　　④　たくさんです

4 カフェは 映画館の（　　　）。

①　あります　　②　います　　③　前です　　④　たくさんです

5 ビル（　　　）中に コンビニが あります。

①　が　　　　　②　の　　　　　③　に　　　　　④　で

生活字彙  Vocabulary

家と家具　家與家具
(いえ と かぐ)

玄関（げんかん）
玄關

台所（だいどころ）
廚房

トイレ
廁所

(お)風呂（ふろ）
浴室

電気（でんき）
電燈

たんす
衣櫃

エアコン
空調

テーブル
桌子

冷蔵庫（れいぞうこ）
冰箱

ベッド
床

洗濯機（せんたくき）
洗衣機

掃除機（そうじき）
吸塵器

何人家族ですか。
<ruby>何<rt>なん</rt></ruby><ruby>人<rt>にん</rt></ruby><ruby>家<rt>か</rt></ruby><ruby>族<rt>ぞく</rt></ruby>ですか。

有幾位家人？

point

01 介紹家人

02 ～で

單字

 006

假名	漢字	中譯
そふ	祖父	祖父
そぼ	祖母	祖母
りょうしん	両親	父母
ちち	父	（自己的）父親
はは	母	（自己的）母親
あに	兄	（自己的）哥哥
あね	姉	（自己的）姐姐
おとうと	弟	（自己的）弟弟
いもうと	妹	（自己的）妹妹
おっと	夫	（自己的）丈夫
しゅじん	主人	（自己的）丈夫
つま	妻	（自己的）妻子
むすこ	息子	兒子
むすめ	娘	女兒
ひとり	一人	一個人
ふたり	二人	二個人
なんにん	何人	幾個人
かぞく	家族	家人
きょうだい	兄弟	兄弟姐妹
ひとりっこ	一人っ子	獨生子
すえっこ	末っ子	老么
きょうじゅ	教授	教授

しょうがっこう	小学校	國小
こうこうせい	高校生	高中生

いいですね		很好耶
うらやましい		羨慕的

おさけ	お酒	酒
らいねん	来年	明年
そつぎょう	卒業	畢業
しゅうかつせい	就活生	求職中的學生
すこし	少し	有一點
たいへん（な）	大変（な）	辛苦的
だいじ（な）	大事（な）	重要的

🎵 007

張　小林さんは 何人家族ですか。

小林　5人家族です。父と 母と 兄が 二人

います。

張　小林さんは お兄さんが 二人ですか。

いいですね。

小林　張さんは 何人家族ですか。

張　私も 5人家族です。両親と 姉と 妹 がいま

す。

小林　お姉さんと 妹 さんですか。

私は 張さんが うらやましいです。

 008

01 稱謂

	我的家人（A）	對方／第三者的家人（B）
祖父	祖父（そふ）	おじいさん
祖母	祖母（そぼ）	おばあさん
父母親	両親（りょうしん）	ご両親（ごりょうしん）
父親	父（ちち）	お父さん（おとうさん）
母親	母（はは）	お母さん（おかあさん）
哥哥	兄（あに）	お兄さん（おにいさん）
姐姐	姉（あね）	お姉さん（おねえさん）
弟弟	弟（おとうと）	弟さん（おとうとさん）
妹妹	妹（いもうと）	妹さん（いもうとさん）
丈夫	夫（おっと）／主人（しゅじん）	ご主人（ごしゅじん）／旦那さん（だんなさん）
妻子	妻（つま）	奥（おくさん）
兒子	息子（むすこ）	息子さん（むすこさん）
女兒	娘（むすめ）	娘さん（むすめさん）

Tip

向別人介紹自己的家人時，請使用「A欄」的稱呼。

提到對方或是第三者的家人時，請使用「B欄」的稱呼。

Tip

如果是同一家人之間，則會使用「B欄」的稱呼。稱呼比自己年紀小的家人時，通常會直接叫名字。

～人<ruby>人<rt>にん</rt></ruby>	1人 ひとり	2人 ふたり	3人 さんにん	4人 よにん
	5人 ごにん	6人 ろくにん	7人 しちにん／ななにん	8人 はちにん
	9人 きゅうにん	10人 じゅうにん	11人 じゅういちにん	何人 なんにん

我的家人／對方、第三者的家人

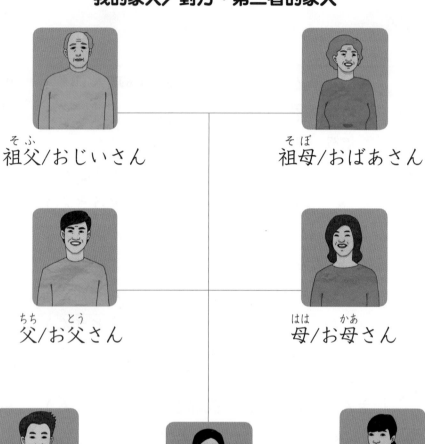

祖父／おじいさん （そふ／）

祖母／おばあさん （そぼ／）

父／お父さん （ちち／とう）

母／お母さん （はは／かあ）

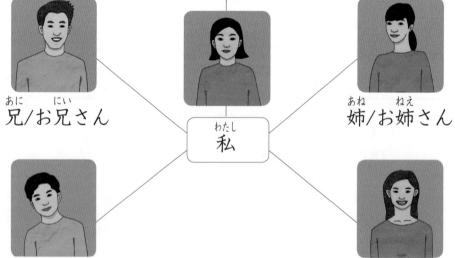

兄／お兄さん （あに／にい）

私 （わたし）

姉／お姉さん （あね／ねえ）

弟／弟さん （おとうと／おとうと）

妹／妹さん （いもうと／いもうと）

【例句】 009

❶ 何人家族ですか。
（なんにん か ぞく）

　→ 4人家族です。父と 母と 弟 が いま
　　（よにんか ぞく）　（ちち）（はは）（おとうと）
　　す。

❷ 何人兄弟ですか。
（なんにんきょうだい）

　→ 弟 が います。2人兄弟です。
　　（おとうと）　　　（ふたりきょうだい）

　→ 兄弟は いません。
　　（きょうだい）

❸ 陳さんは ご両親と お姉さんが
　（ちん）　　（りょうしん）　（ねえ）
　3人 います。6人家族です。
　（さんにん）　　（ろくにん か ぞく）

❹ 兄弟が いますか。
　（きょうだい）

　→ いいえ、いません。

> **Tip**
> 「兄弟」的
> （きょうだい）
> 意思為男性
> 的兄弟，也
> 可以用來表
> 示兄弟姊
> 妹。

010

02 〜で　　　　　　　　　　　　　名詞句並列

≫ 私は　3人家族で、一人っ子です。
わたし　さんにん か ぞく　ひとり こ

≫ 山田さんは　4人兄弟で、末っ子です。
やま だ　　　よにんきょうだい　すえ こ

> **Tip**
>
> 名詞句和名詞句並列時，前一個句子的「です」改成「で」接續。

【例句】

❶ 私は　今年　二十歳_____、大学生です。
わたし こ とし はたち　　　 だい がく せい

❷ 父は　大学教授_____、母は　小学校の
ちち　だいがくきょうじゅ　　　 はは　しょうがっこう
先生です。
せんせい

❸ 兄は　会社員_____、弟は　高校生です。
あに　かいしゃいん　　 おとうと　こうこうせい

練習 1 ···················· Exercises 1

▶ 請依下方例句完成句子。

例

（私 = 弟）
<small>わたし　おとうと</small>

A 何人家族ですか。
<small>なんにん か ぞく</small>

B 4人家族です。
<small>よにん か ぞく</small>

　父と 母と 姉が います。
<small>ちち　　はは　　あね</small>

①

（私 = 妻）
<small>わたし　つま</small>

A 何人家族ですか。
<small>なんにん か ぞく</small>

B ＿＿＿＿＿＿＿＿＿＿＿＿＿

＿＿＿＿＿＿＿＿＿＿＿＿＿

②

（私 = 弟）
<small>わたし　おとうと</small>

A 何人家族ですか。
<small>なんにん か ぞく</small>

B ＿＿＿＿＿＿＿＿＿＿＿＿＿

＿＿＿＿＿＿＿＿＿＿＿＿＿

練習 2 ······································ Exercises 2

▶ 請依下方例句完成句子。

例
李^りさんは 4人家族^{よにんかぞく}です。
お父^{とう}さんと お母^{かあ}さんと 妹^{いもうと}さんが います。

❶
山田^{やまだ}さんは 5人家族^{ごにんかぞく}です。

_____。

❷
陳^{ちん}さんは 6人家族^{ろくにんかぞく}です。

_____。

會話練習 ······································ Exercises 3

▶ 請依自己的情況回答下面問題。

① 何人家族^{なんにんかぞく}ですか。

例 4人家族^{よにんかぞく}です。父^{ちち}と 母^{はは}と 姉^{あね}が います。

_____

② 兄弟^{きょうだい}が いますか。例 はい、兄^{あに}が 二人^{ふたり} います。

_____

▶ 請依照自己情況完成下方會話，或依下方中文說明作答。

A ＿＿＿＿＿さんは 何人家族ですか。

B ＿＿＿＿＿＿です。 ＿＿＿＿＿＿＿＿＿が （二人）
います。

A ＿＿＿＿＿さんは ＿＿＿＿＿＿＿＿＿ですか。
いいですね。

B ＿＿＿＿＿さんは 何人家族ですか。

A ＿＿＿＿＿＿です。 ＿＿＿＿＿＿＿＿が
います。

B ＿＿＿＿＿＿ですか。 私は ＿＿＿＿＿さんが うら
やましいです。

A 小林小姐，您家裡有幾個人？

B 5 位，父母以及 2 個哥哥。

A 小林小姐，您有兩個哥哥啊？真好！

B 張小姐，您家裡有幾個人？

A 我也是 5 位。父母及姐姐和妹妹。

B 是姐姐和妹妹啊？我真羨慕張小姐。

011

私(わたし)の 家族(かぞく)

私(わたし)は 4人家族(よにんかぞく)で、父(ちち)と 母(はは)と 妹(いもうと)が います。

父(ちち)は 会社員(かいしゃいん)で、お酒(さけ)が 好(す)きです。母(はは)は 主婦(しゅふ)で、優(やさ)しい 人(ひと)です。

妹(いもうと)は 大学生(だいがくせい)で、来年(らいねん) 卒業(そつぎょう)です。私(わたし)は 就活生(しゅうかつせい)で、今(いま) 少(すこ)し 大変(たいへん)です。

それから、猫(ねこ)が います。猫(ねこ)も 大事(だいじ)な 家族(かぞく)です。

▶ 請參考〔閱讀練習〕，並練習描寫自己的家人。

_____

_____

_____

_____

_____

_____

挑戦 JLPT ····························· Actual Practice

問題1 _____ の ことばは どう よみますか。①・②・③・④から いちばん いい
ものを ひとつ えらんで ください。

1 私は 姉が います。

① あね   ② おね   ③ あに   ④ おに

2 私は ３人兄弟です。

① きょだい   ② きょたい   ③ きょうだい ④ きょうたい

問題2 (   ) に なにを いれますか。①・②・③・④から いちばん いい もの
を ひとつ えらんで ください。

3 A「(   ) は 主婦ですか。」

B「いいえ、母は 公務員です。」

① おかあさん ② おばあさん ③ おとうさん ④ おじいさん

4 私は ３人兄弟です。姉 (   ) 弟が います。

① が   ② も   ③ は   ④ と

5 私は (   ) 家族です。

① しにん   ② よにん   ③ しんにん   ④ よんにん

干支（十二支）　12生肖

ねずみ
鼠

うし
牛

とら
虎

うさぎ
兎

たつ
龍

へび
蛇

うま
馬

ひつじ
羊

さる
猴

とり*
雞

いぬ
狗

いのしし**
豬

＊ 「とり」為鳥的通稱，而雞的日文為
「にわとり」，但在表示生肖時則用
「とり」，生肖屬雞則是「とり年」。

＊＊表示生肖「屬豬」時，要使用意思為
「野豬」的「いのしし」。在此補
充，「豬」的日文為「ぶた」。

36

図書館で 勉強を します。

在圖書館念書。

point

 012

假名	漢字	中譯
いきます	行きます	去
かえります	帰ります	回去；回家
きます	来ます	來
ねます	寝ます	睡覺
おきます	起きます	起床
はたらきます	働きます	工作
たべます	食べます	吃
のみます	飲みます	喝
よみます	読みます	閱讀
みます	見ます	看
します		做
べんきょうします	勉強します	念書
うんどうします	運動します	運動
すいます	吸います	吸
サッカーをします		踢足球
なに	何	什麼
よる	夜	晚上
あさ	朝	早上
まいにち	毎日	每天
まいあさ	毎朝	每天早上
まいばん	毎晩	每天晚上
しゅうまつ	週末	週末

たばこ	煙草	香菸
うち	家	家
かいしゃ	会社	公司
ふくおか	福岡	福岡
しょくどう	食堂	食堂
バス		公車
あさごはん	朝ごはん	早餐
ひるごはん	昼ごはん	午餐
ばんごはん	晩ごはん	晚餐
じっか	実家	老家，娘家
なにも	何も	什麼都～（用於否定句）

かのじょ	彼女	女朋友；她
ゆうえんち	遊園地	遊樂園
どこへも		哪裡都～（用於否定句）

そのあと	その後	那之後
インターネット		網路（～をします：上網）

🎵 013

呉　　加藤さんは 今日 何を しますか。

加藤　図書館で 勉強します。呉さんは？

呉　　私は 友達と 映画を 見ます。

加藤　いいですね。週末は 何を しますか。

呉　　土曜日に 彼女と 遊園地へ 行きます。

　　　加藤さんは？

加藤　私は どこへも 行きません。

01 〜ます形

〜ます形 014

現在・未來 肯定	〜ます	行きます・帰ります
現在・未來 否定	〜ません	行きません・帰りません
現在・未來 疑問	〜ますか	行きますか・帰りますか

【例句】

01-1 時間 ＋に　　　　　在〜時間做〜

❶ 毎日 11時に 寝ます。

❷ 林さんは 9時に ここへ 来ます。

❸ 明日 何時に 起きますか。
　→ 6時に 起きます。

❹ 毎日 9時から 5時まで 働きます。

01-2 場所 ＋へ　　　　　前往〜

❺ 明日 学校へ 行きません。

❻ 明日どこへ 行きますか。
　→遊園地へ 行きます。

Tip

▶「〜ます／〜ません」可以用來表示「現在肯定/現在否定」或是「未來肯定/未來否定」。

▶ 雖然「〜へ」寫成「へ」(he)，但是發音應為「e」。與「は」作為助詞使用時發音為「wa」的狀況類似。「場所＋へ」在這裡表示「前往某地方」。

▶「時間＋に」在這裡表示「在某時間做某事」，時、分、日期等等後面要加「に」，「今日、明日、昨日」等等則不用加「に」。

 015

02 ～を～ます

» 何^{なに}を 食^たべますか。

　→ ラーメンを 食^たべます。

» 何^{なに}を 飲^のみますか。

　→ コーヒーを 飲^のみます。

» 何^{なに}を しますか。

　→ サッカーを します。

【例句】

❶ 2時^{にじ}から 4時^{よじ}まで 日本語^{にほんご}を 勉強^{べんきょう}します。

❷ 今晩^{こんばん} 何^{なに}をしますか。

　→ DVDを 見^みます。

❸ 毎日^{まいにち} 夜9時^{よるくじ}から 10時^{じゅうじ}まで 本^{ほん}を 読^よみます。

❹ 毎朝^{まいあさ} 何^{なに}も 食^たべません。

016

03 （〜を）〜ますか はい／いいえ問答句

❶ 鈴木さんは 来ますか。

→はい、来ます。

→いいえ、来ません。

❷ 明日　英語を 勉強しますか。

→はい、勉強します。

→いいえ、勉強しません。

❸ お酒を飲みますか。

→はい、飲みます。

→いいえ、飲みません。

❹ 彼は タバコを吸いますか。

→はい、吸います。

→いいえ、吸いません。

❺ 彼女は テニスを しますか。

→はい、します。

→いいえ、しません。

 017

04 助詞【～に、～で、～へ、～を、～と、～から～まで】

～で 在～地點，做～		家^{いえ}で勉強^{べんきょう}します。
～で 用～工具，做～		バスで行^いきます。
～と 和～人，做～		友達^{ともだち}と帰^{かえ}ります。

【例句】

❶ 6 時^{ろくじ}_____ 起^おきます。

❷ 食堂^{しょくどう}_____ 友達^{ともだち}_____ 昼^{ひる}ごはん_____ 食^たべます。

❸ 日曜日^{にちようび}_____ 友達^{ともだち}の 家^{いえ}_____ 行^いきます。

❹ 毎朝^{まいあさ}6 時^じ_____ 7 時^じ_____ 運動^{うんどう}します。

❺ 毎日^{まいにち} バス_____ 会社^{かいしゃ}_____ 行^いきます。

◀ **Tip**

▶ 搭配動詞一起使用的助詞，除了前面提到的「～に、～へ、～を」之外，再學習「～で、～と」等。

▶ 表示時間或地點的「從～到～」，要使用助詞「から」和「まで」。因此「從東京到大阪」要用「東京^{とうきょう}から大阪^{おおさか}まで」。「1 點到 5 點」則是「1 時^{いちじ}から 5 時^{ごじ}まで」。

▶ 請依下方例句完成句子。

例

> コンビニ
> バイトをします

A 日曜日は 何を しますか。
にち よう び　　なに

B コンビニで バイトを します。

---

❶
> 図書館
> としょかん
> 本を読みます
> ほん よ

A 今日は 何を しますか。
きょう　　なに

B _____

---

❷
> 友達
> ともだち
> 映画を見ます
> えいが み

A 明日は 何を しますか。
あした　　なに

B _____

---

❸
> 8時
> はちじ
> 起きます
> お

A 金曜日は 何時に 起きますか。
きんようび　　なんじ　　お

B _____

---

❹
> 実家
> じっか
> 帰ります
> かえ

A 週末は 何を しますか。
しゅうまつ　　なに

B _____

▶ 請依自己的情況回答下面問題。

① 今日(きょう)は 何(なに)を しますか。

例 友達(ともだち)と カフェへ 行(い)きます。

_____

② 明日(あした)は 何(なに)を しますか。

例 サッカーを します。

_____

③ 日曜日(にちようび)は 何(なに)を しますか。

例 何(なに)も しません。

_____

▶ 請依照自己情況完成下方會話，或依下方中文說明作答。

A ＿＿＿＿さんは 今日 何を しますか。

B ＿＿＿＿で ＿＿＿＿＿＿＿。＿＿さんは？

A 私は＿＿＿＿＿＿＿＿。

B いいですね。週末は 何を しますか。

A ＿＿＿＿＿＿＿。＿＿さんは？

B 私は ＿＿＿＿＿＿＿＿＿＿。

A 加藤小姐，妳今天要做什麼？

B 我要在圖書館念書，吳先生你呢？

A 我要跟朋友去看電影。

B 真好！你週末要做什麼呢？

A 週六和我女友去遊樂園。加藤小姐妳呢？

B 我哪兒都不去。

閲讀練習 ・・・・・・・・・・・・・・・・・・・・・・・・・・・・・ Reading

私(わたし)の 一日(いちにち)

 018

朝(あさ)、6時(ろくじ)に 起(お)きます。7時(しちじ)に 朝(あさ)ごはんを 食(た)べます。9時(くじ)に 学校(がっこう)へ 行(い)きます。12時(じゅうにじ)まで 勉強(べんきょう)します。1時(いちじ)まで 友達(ともだち)と 昼(ひる)ごはんを 食(た)べます。その後(あと)、コーヒーを 飲(の)みます。4時(よじ)から 1時間(いちじかん) 運動(うんどう)します。6時(ろくじ)に 家(うち)へ 帰(かえ)ります。

7時(しちじ)に 晩(ばん)ごはんを 食(た)べます。9時(くじ)に ニュースを 見(み)ます。その後(あと)、インターネットを します。11時(じゅういちじ)に 寝(ね)ます。

寫作練習 ・・・・・・・・・・・・・・・・・・・・・・・・・・・・・・ Writing

▶ 請參考〔閱讀練習〕，並練習描述自己的一天。

_____

_____

_____

_____

_____

_____

問題1 ＿＿＿＿の ことばは どう よみますか。①・②・③・④から いちばん いい
ものを ひとつ えらんで ください。

1 本を 読みます。
　　ほん

　① のみ　　　　　② よみ　　　　　③ とうみ　　　　④ どくみ

問題2 ＿＿＿＿の ことばは どう かきますか。①・②・③・④から いちばん いい
ものを ひとつ えらんで ください。

2 4時に ここへ きます。
　　よじ

　① 切ます　　　　② 来ます　　　　③ 行ます　　　　④ 聞ます

問題3 （　　　）に なにを いれますか。①・②・③・④から いちばん いい ものを
ひとつ えらんで ください。

3 図書館（　　　）勉強します。
　　としょかん　　　　べんきょう

　① に　　　　　　② で　　　　　　③ へ　　　　　④ と

4 友達（　　　）行きます。
　　ともだち　　　い

　① に　　　　　　② で　　　　　　③ へ　　　　　④ と

5 火曜日（　　　）試験が あります。
　　かようび　　　しけん

　① に　　　　　　② で　　　　　　③ へ　　　　　④ と

コラム

▶ 東京（東京）
とうきょう

　日本的首都，為日本行政、文化、經濟和交通的中心，也是亞洲及世界上的重要城市之一。以東京為中心延伸而出的首都圈，遠大於雅加達、首爾、德里等等城市，可説是世界上規模最大的都市圈。

東京的夜景

▶ 三鷹の森ジブリ美術館
みたか　もり　　　　びじゅつかん
　（三鷹之森吉卜力美術館）
　美術館內展示吉卜力工作室的日本動畫作品。雖屬美術館，風格卻有別於一般的美術館。館內擺有許多充滿童趣的展示品，加上形狀不規則、奇特的內部裝潢，讓孩童們能盡情在此玩耍。

　如同標語「一同在此迷路吧」，館內並未提供任何路標，也沒有指定的參觀路線。美術館手冊提供多種語言版本，但是館內的所有説明僅以日語標示。

▶ もんじゃ焼き（文字燒）
　　　　　　や
　將和好的麵粉團放在鐵板上煎熟後食用，為東京在地的代表性料理。有人説「お好み焼き」（大阪燒）
　　　　　　　この　や
是由文字燒演變而來的美食，但是比起大阪燒，文字燒的水分較多、更為鬆軟。文字燒強調享受煎製料理的過程，因此基本上必須自行動手料理。「月島」是著名的「もんじゃ焼きの
　つきしま　　　　　　　　　　　　や
聖地」（文字燒聖地），在此有許多
せいち
文字燒的店家，也是觀光客熱愛的觀光景點。

三鷹之森吉卜力美術館　　　文字燒的料理過程（左圖）和成品圖（右圖）

▶ 大阪（大阪）
おおさか

　　西日本的中心，和鄰近的京都、神戶形成大都會區。大阪的人口量排名為第三名，僅次於東京和橫濱。自古以來，大阪因為屬於港口都市所以極為繁榮興盛，在江戶時代其發展甚至超越了首都江戶，而有「天下の台所」（天下廚房）的美譽。大阪的飲食文化非常發達，在此可以享用到各式各樣的美食。因此大阪人又被稱為「大阪の食い倒れ」，意謂為了美食，散盡家財也在所不惜。

▶ アメリカ村（美國村）
むら

　　指的是以西心齋橋附近三角公園為中心的區域。此地以服飾店為重

心，聚集了各式各樣的店家。在1970年左右，愛好衝浪的年輕人改造了倉庫，並販售從美國進口的衣服，因而開始被稱作美國村。

　　雖然大約從2000年開始，遊客人數遞減，但至今仍是年輕人文化的發源地，被稱作「西の原宿」（西邊的原宿）。
にし　　はらじゅく

▶ たこ焼き（章魚燒）
や

　　日本各地皆有販賣的麵粉料理之一，大阪章魚燒的特點在於外皮鬆軟、內餡濃稠。章魚燒的店舖數量多，造就出客人對外皮、內餡的喜好的多樣性，有人喜歡外皮酥、內餡軟，有人喜歡內外都鬆軟。不管如何，可以確定的是章魚燒是日本人心目中的國民美食！

以高樓大廈為背景的大阪城

大阪的知名美食店家

烤章魚燒的外形（左圖）和灑上醬料與柴魚片後的樣貌（右圖）

生活字彙

コンピューター 電腦

パソコン
電腦

キーボード
鍵盤

マウス
滑鼠

クリック
雙擊

デスクトップ
電腦桌面

ノートパソコン
個人電腦

タブレット
平版

ワード
Ms-Word 文書處理

エクセル
Ms-Excel 試算表

<ruby>入力<rt>にゅうりょく</rt></ruby>
輸入

スマートフォン*
智慧型手機

アプリケーション**
APP

* 簡稱是「スマホ」
** 簡稱是「アプリ」

高校の 友達に 会いました。

跟高中朋友見面。

point

單字

019

假名	漢字	中譯
おぼえます	覚えます	記住；記得
かいます	買います	買
あいます	会います	見面
のります	乗ります	搭乘
うたいます	歌います	唱歌
カタカナ		片假名
くるま	車	汽車
タクシー		計程車
でんしゃ	電車	電車
しんかんせん	新幹線	新幹線
いっしょに	一緒に	一起
ひさしぶりに	久しぶりに	相隔一段時間
あさ はやく	朝早く	早上很早
よる おそく	夜遅く	晚上很晚
いちにちじゅう	一日中	一整天
プレゼント		禮物
ゲーム		遊戲；電動遊戲
こうこう	高校	高中
ほっかいどう	北海道	北海道
りょこう	旅行	旅行

たんすい	淡水	淡水（台北的地名）
ふね	船	船

バイキングレストラン		歐式自助餐廳
がいしょく	外食	外面吃飯
すし	寿司	壽司
さしみ	刺身	生魚片
たくさん		很多
カラオケ		卡拉OK
ずっと		一直
いろんな		各種各樣的
きょく	曲	歌曲
へや	部屋	房間

🎵 020

佐藤　昨日は 何を しましたか。

張　　高校の 友達に 会いました。佐藤さんは？

佐藤　私は 友達と お酒を 飲みました。

張　　日曜日は 何を しましたか。

佐藤　淡水で 船に 乗りました。張さんは？

張　　私は どこへも 行きませんでした。

Tip

「どこへ行きますか」針對這個問句，如果要回答「哪裡都不去」的話，就以「どこへ＋も＋否定表現」來表示：「どこへも行きません」

56

 021

01
> ～ ました
> ～ ませんでした

    » ます   →   ました

    ^の飲みます   →   ^の飲みました

    » ません   →   ませんでした

    ^の飲みません   →   ^の飲みませんでした

【例句】

❶ カタカナを 覚えました。

❷ 車を 買いました。

❸ カフェで コーヒーを 飲みました。

❹ お酒を 飲みませんでした。

❺ 日本語を 勉強しませんでした。

❻ 佐藤さんと 一緒に 映画を 見ませんでした。

 022

02 　〜に 会います、〜に 乗ります　見〜・搭乗〜

» 〜に 会^あいます

友達^{ともだち}に 会^あいます

» 〜に 乗^のります

タクシーに 乗^のります

【例句】

❶ 久^{ひさ}しぶりに 母^{はは}に 会^あいました。

❷ 朝早^{あさはや}く 電車^{でんしゃ}に 乗^のりました。

❸ 昨日^{きのう}は 友達^{ともだち}に 会^あいましたか。

　→ はい、会^あいました。

　→ いいえ、会^あいませんでした。

❹ 昨日^{きのう}は バスに 乗^のりましたか。

　→ はい、乗^のりました。

　→ いいえ、乗^のりませんでした。

▶ 請依下方例句完成句子。

例

A 昨日は 日本語を 勉強しましたか。

B <u>はい、しました。</u>

<u>いいえ、しませんでした。</u>

❶ **A** 週末は バイトを しましたか。

B はい、<u>　　　　　　　　　　　　　　　　　　</u>。

❷ **A** 金曜日は 夜遅く 家へ 帰りましたか。

B いいえ、<u>　　　　　　　　　　　　　　　　　</u>。

❸ **A** 誕生日に プレゼントを 買いましたか。

B はい、<u>　　　　　　　　　　　　　　　　　　</u>。

❹ **A** 日本で 新幹線に 乗りましたか。

B いいえ、<u>　　　　　　　　　　　　　　　　　</u>。

▶ 請依下方提問和例句練習回答。

① 昨日(きのう)は 何(なに)を しましたか。

例 一日中(いちにちじゅう) ゲームを しました。

_____

② 土曜日(どようび)は 何(なに)を しましたか。

例 高校(こうこう)の 友達(ともだち)に 会(あ)いました。

_____

③ 夏休(なつやす)み/冬休(ふゆやす)みは 何(なに)を しましたか。

例 北海道旅行(ほっかいどうりょこう)を しました。

_____

④ 昨日(きのう)は 何時(なんじ)に 寝(ね)ましたか。

例 11時(じ)に 寝(ね)ました。

_____

⑤ 今日(きょう)は 何時(なんじ)に 起(お)きましたか。

例 7時(じ)に 起(お)きました。

_____

▶ 請依照自己情況完成下方會話，或依下方中文說明作答。

A 昨日は 何を しましたか。

B _____。_____さんは？

A 私は _____。

B 日曜日は 何を しましたか。

A _____。_____さんは？

B 私は _____。

A 昨天你做了什麼？

B 跟高中同學見面。佐藤先生呢？

A 我跟朋友去喝酒。

B 那禮拜天你做了什麼？

A 我在淡水搭了船。張小姐你呢？

B 我哪裡也沒去。

閱讀練習 ··· Reading

 023

私の 誕生日

家族と 近くの バイキングレストランで 外食を
しました。そこで 大好きな 寿司と 刺身を
たくさん 食べました。おいし かったです。
それから、カラオケへ 行きました。私は 歌が 好
きです。ずっと 歌いました。母も いろんな 曲を
歌いました。父は あまり 歌いませんでした。楽
しい 誕生日でした。

Tip
「たくさん」
是副詞，表示
數量多。

寫作練習 ··· Writing

▶ 請參考〔閱讀練習〕，並練習描述自己在生日當天做了些什麼事。

_____

_____

_____

_____

_____

_____

_____

問題1 ＿＿＿＿ の ことばは どう よみますか。①・②・③・④から いちばん いい
もの を ひとつ えらんで ください。

1 カラオケで いろんな きょくを 歌います。

　① うかいます　② うさいます　③ うたいます　④ うないます

問題2 ＿＿＿＿ の ことばは どう かきますか。①・②・③・④から いちばん いい
もの を ひとつ えらんで ください。

2 コーヒーを のみました。

　① 飲みました　② 欲みました　③ 欽みました　④ 炊ました

問題3 （　　　）に なにを いれますか。①・②・③・④から いちばん いい もの
を ひとつ えらんで ください。

3 学校で 友達（　　　）会いました。

　① を　　　　　② に　　　　　③ へ　　　　　④ で

4 きょうは 電車に （　　　）ます。

　① の　　　　　② のい　　　　③ のり　　　　④ のる

問題4 つぎの ことばの つかいかたで いちばん いい ものを ①・②・③・④から ひ
とつ えらんで ください。

5 帰る

　① きのうは 本を 帰りました。

　② きのうは 部屋で 帰りました。

　③ きのうは バスに 帰りませんでした。

　④ きのうは うちへ 帰りませんでした。

コラム

▶京都（京都）
<ruby>京<rt>きょう</rt></ruby><ruby>都<rt>と</rt></ruby>

　京都於794年被定為首都平安京，作為日本的政治中心，在悠久的歷史中一直扮演著重要的角色，至今仍保留許多神社、寺廟、古蹟等年代久遠的建築物。豐富多樣的活動和祭典吸引國內外觀光客造訪，被評選為日本極具代表性的都市之一。在日本都市人口中，京都排名為第九名。在現代化的快速進展、新與舊的調和之下，發展成獨具魅力的城市。

▶伏見稲荷大社（伏見稲荷大社）
<ruby>伏<rt>ふ</rt></ruby><ruby>見<rt>し</rt></ruby><ruby>稲<rt>み</rt></ruby><ruby>荷<rt>いなり</rt></ruby><ruby>大<rt>たい</rt></ruby><ruby>社<rt>しゃ</rt></ruby>

　雖然日本有眾多的神社，但是在全國光是叫做「稲荷大社」的神社就超過30,000多所，其中的伏見稲荷大社為總本社。 遍布數千柱以上的千本鳥居形成極為壯觀的景象，不用門票便可免費參觀這一點，更顯其魅力。除了伏見稲荷大社之外，京都還有許多知名觀光景點，像是金閣寺和清水寺等都備受國內外觀光客讚揚。

京都的金閣寺

▶天下一品ラーメン（天下一品拉麵）
<ruby>天<rt>てん</rt></ruby><ruby>下<rt>か</rt></ruby><ruby>一<rt>いっ</rt></ruby><ruby>品<rt>ぴん</rt></ruby>

　以京都為發源地的拉麵連鎖店，全國有超過200家以上的店鋪。湯頭基本分成「濃湯頭」和「淡湯頭」兩大類，雖然熬製方法屬於營業機密，但傳聞湯頭中會加入鯨油或牛油，至於真相到底如何就不得而知了。其美味程度可以說是「有別於拉麵的獨特料理，超越拉麵的拉麵」。

京都的清水寺

* 鳥居：傳統日本神社的門，通常可以在神社的入口處看見。

▶札幌（札幌）

　　札幌是北海道最大的城市，同時也是僅次於名古屋的日本第五大都市。北海道從1800年後期開始進行開拓。當地原住民為愛奴族，至今在北海道各地仍保有許多愛奴族的文化，而「札幌」此地名也是起源於愛奴族的語言。由於地理位置偏北，因此與日本其他都市的氣候截然不同。夏季沒有梅雨，冬季則相當嚴寒，冬天平均降雪量約在600公分左右。

▶札幌雪祭り（札幌雪祭）

　　每年二月初舉行，由札幌的大通公園延伸至周邊區域的雪雕冰雕祭典，展示許多以雪製作而成的作品，同時也可以欣賞以冰塊製作的作品。每年有超過200萬名的遊客造訪，因此如果想要入住地點較佳的旅館，務必要提前訂房。

▶ジンギスカン（成吉思汗烤肉）

　　烤羊肉料理，又稱作成吉思汗鍋。先將一種特別的鍋子加熱後，把切成薄片的羊肉放入鍋中，再將燒烤後流出的肉汁和蔬菜一起拌炒後食用。雖然盛傳是統帥蒙古帝國的成吉思汗在遠征途中所吃的東西，但是跟正統的蒙古料理仍有稍稍不同。可說是演變成日式口味的成吉思汗烤肉。

成吉思汗烤肉

◀夏天（上圖）和
　冬天（下圖）的大通公園

札幌雪祭

インターネット 網路 *

ウェブブラウザ
網頁瀏覽器

ログアウト
登出

ログイン
登入

検索(けんさく)エンジン
搜尋引擎

ポータルサイト
入口網站

ホームページ
首頁

ブログ
部落格

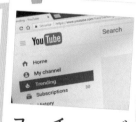

ユーチューブ
YouTube

ツイッター
推特

フェイスブック
臉書

ダウンロード
下載

インストール
安装

＊簡稱為「ネット」

一緒（いっしょ）に 見（み）に 行（い）きましょう。

一起去看吧！

point

 024

假名	漢字	中譯
あそびます	遊びます	玩（耍）
ならいます	習います	學習
がくしょく	学食	學校裡的食堂
りょう	寮	宿舍
ビール		啤酒
テニス		網球
よてい	予定	預定
～はちょっと。		～有一點不行（用於委婉的拒絕）

とくに	特に	特別
しんじゅくえき	新宿駅	新宿車站
ひがしぐち	東口	東邊出口

ワーキングホリデー		工作度假
きょうと	京都	京都
ふじさん	富士山	富士山
たのしみ（な）	楽しみ（な）	期待的
ステーキ		牛排

🎵 025

山田　陳さん、日曜日、何か 予定が ありますか。

陳　　特に 予定は ありません。

山田　じゃ、一緒に 映画を 見に 行きませんか。

陳　　いいですね。何を 見ましょうか。

山田　日本の 映画を 見ましょう。

陳　　いいですね。

　　　10時に 新宿駅の 東口で 会いましょう。

 026

01 ～ましょう 勧誘

>> 【ます形】 ましょう

行きます → 行きましょう

>> 【ます形】 ましょうか

行きます → 行きましょうか

>> 【ます形】 ませんか

行きます → 行きませんか

【例句】

❶ 学食で 会いましょう。

❷ 昼ごはんは 何を 食べましょうか。

→ ラーメンを 食べましょう。

❸ 一緒に コーヒーを 飲みませんか。

→ はい、飲みましょう。

→ すみません、コーヒーは ちょっと…。

027

02 【ます形】に 行きます／
来ます／帰ります 動作的目的

>> 見_みます→ 見_みに

映画_{えいが}を 見_みに 行_いきます。

>> します→ しに

日本語_{にほんご}を 勉強_{べんきょう}しに 来_きました。

❶ 図書館_{としょかん}へ 本_{ほん}を 読_よみに 行_いきました。

❷ 週末_{しゅうまつ}は 海_{うみ}へ 遊_{あそ}びに 行_いきます。

❸ 寮_{りょう}へ ごはんを 食_たべに 帰_{かえ}りました。

❹ 台湾_{たいわん}へ 中国語_{ちゅうごくご}を 習_{なら}いに 来_きました。

練習 .... Exercises 1

▶ 請依下方例句完成句子。

例

> 映画を見ます
> 何
> 日本の 映画

A 映画を 見ませんか。

B いいですね。見ましょう。

A 何を 見ましょうか。

B 日本の 映画を 見ましょう。

---

❶
> お酒を 飲みます
> 何
> ビール

A _____

B いいですね。_____

A _____

B _____

❷
> テニスを します
> どこ
> 学校

A _____

B いいですね。_____

A _____

B _____

❸
> 遊びに 行きます
> どこ
> 遊園地

A _____

B いいですね。_____

A _____

B _____

72

▶ 請依自己的情況回答下面問題。

① 授業の 後、食事を しませんか。

　例 はい、食事を しましょう。/ すみません。
　　　予定が あります。

---

② 土曜日に 山へ 行きませんか。

　例 はい、行きましょう。/ 土曜日は ちょっと…。

---

③ 明日、日本語を 勉強しませんか。

　例 はい、勉強しましょう。/ 明日は ちょっと…。

---

④-1 昨日は どこへ 行きましたか。

　例 海へ 行きました。

---

④-2 何を しに 行きましたか。

　例 泳ぎに 行きました。

▶ 請依照自己情況完成下方會話，或依下方中文說明作答。

A ＿＿＿＿さん、日曜日、何か 予定が ありますか。

B 特に 予定は ありません。

A じゃ、一緒に ＿＿＿＿＿＿＿＿＿ 行きませんか。

B いいですね。＿＿＿＿＿＿＿＿＿＿＿。

A ＿＿＿＿＿＿＿＿＿＿＿＿。

B いいですね。＿＿＿＿時に ＿＿＿＿＿で 会いま

しょう。

A 陳小姐，星期日妳打算要做什麼？

B 沒有特別要做什麼。

A 那，要一起去看電影嗎？

B 好啊！要看什麼呢？

A 我們去看日本電影吧！

B 好啊！那我們 10 點在新宿車站的東口見！

 028

日本で の予定

私は 来年の 4月に ワーキングホリデーで 東京へ 行きます。

勉強も しますが、旅行も します。

京都や 北海道、富士山など、いろんな ところへ 遊びに 行きます。

また、コンビニや レストランで アルバイトも します。

とても 楽しみです。

 寫作練習 ••••••••••••••••••••••••••••••••••••••• Writing

▶ 請參考〔閱讀練習〕，並練習擬定出國的計畫。

_____

_____

_____

_____

_____

_____

_____

挑戰 JLPT

問題1 つぎの ことばの つかいかたで いちばん いい ものを ①・②・③・④から ひとつ えらんで ください。

1 行きませんか

　　① きのうは どこへ 行きませんか。

　　② あした、どこへ 行きませんか。

　　③ きのうは 海へ 行きませんか。

　　④ あした、海へ 行きませんか。

問題2 （　　　）に なにを いれますか。①・②・③・④から いちばん いい ものを ひとつ えらんで ください。

2 新宿へ （　　　）行きます。
　　① 遊ばに　　　② 遊びに　　　③ 遊ぶに　　　④ 遊べに

3 レストランへ ステーキを （　　　）行きました。
　　① 食べに　　　② 食べりに　　　③ 食べるに　　　④ 食べれに

76

4 一緒に コーヒーを （　　　）。

① 飲みですか　② 飲むですか　③ 飲みませんか　④ 飲むませんか

5 何時に どこで （　　　）。

① 会いませんよ　　　② 会いましょうよ

③ 会いませんか　　　④ 会いましょうか

コラム

▶ 福岡（福岡）

位於西日本，僅次於大阪的大都市，同時也是九州最大的都市。其中心區域的博多緊連其他內陸，因此從很早開始是往返其他區域間的樞紐。由於福岡鄰近韓國釜山，兩國之間的交流也相當盛行。中洲、天神和博多等地的「屋台」（路邊攤）數量為全日本之最，「屋台」為夜晚特有的攤販，有不少觀光客來此體驗「屋台文化」。

▶ キャナルシティ博多（博多運河城）

位於繁華街道上的複合商業設施，由辦公大樓、飯店、娛樂商場、電影院等七棟建築物組合而成。這個區域的地下一樓流經一條人工運河。這裡每天幾乎都有噴水秀、音樂表演等各式各樣的活動，因此在此待上一整天也不會感到無聊。

一覽福岡塔與海灣全景

福岡巨蛋球場

▶ 博多ラーメン（博多拉麵）

湯頭以豬骨熬製，豬骨經大火燉煮後，骨頭間的膠質化開，呈現乳白色的濃郁湯汁。特徵為極細的麵條，同時可以自由選擇麵條的軟硬程度，甚至還可以額外追加麵條，使得博多拉麵的名氣越來越大。

以博多為中心延伸的的繁華街道上，有深夜營業或是24小時營業的店鋪，上班族經常來此吃拉麵作為應酬或聚餐的尾聲，使得此地的拉麵店相當出名。

▶横浜（橫濱）

　日本第二大都市，19世紀開港後，以國外貿易往來的中心地之姿繁榮至今。鄰近東京又靠近海邊，更有許多觀光景點，因此吸引很多觀光客和情侶們造訪此地。

▶新横浜ラーメン博物館
　（新橫濱拉麵博物館）

　標榜「不用搭飛機，就能吃到全國各地拉麵」的地方。此地進駐了十家以上的拉麵店，只要支付入場費用，便可以享受到全國各地多樣的拉麵文化。是日本全國各地美食主題樂園的先驅，1993年開幕至今人氣依舊居高不下。

▶肉まん（肉包）

　日本最大的中華街位在橫濱，而此地最有名的美食之一便是肉包。雖然肉包是一種極為常見的食物，在日本各地都能吃得到，卻和橫濱中華街上販賣的肉包完全無法相提並論。中華街上有相當多的店舖，每一家的味道皆不太一樣，各具其特色，多逛逛、貨比三家也是一種不錯的觀光方式。

▲販賣肉包的店家外觀

新橫濱拉麵博物館

生活字彙 ······ Vocabulary

スイーツ　甜點

チーズケーキ
乳酪蛋糕

パンケーキ
鬆餅

カステラ
蜂蜜蛋糕

アイスクリーム
冰淇淋

ソフトクリーム
霜淇淋

パフェ
聖代

クレープ
可麗餅

プリン
布丁

チョコレート
巧克力

和菓子（わがし）
和菓子

餅（もち）
麻糬

まんじゅう*
豆沙和菓子

＊ 豆沙和菓子是指一種以麵粉或米粉揉成麵糰，包入甜豆餡後蒸熟或烤熟的甜點。

旅行（りょこう）に 行（い）きたいです。

想去旅行。

point

01【動詞基本形】こと

02【ます形】たい　想要〜

 029

假名	漢字	中譯
ひきます	弾きます	彈
かよいます	通います	往返（某處）
かきます	描きます	畫
とります	撮ります	拍
しゅみ	趣味	興趣
ピアノ		鋼琴
やきゅう	野球	棒球
みず	水	水
やさい	野菜	蔬菜
え	絵	畫
うた	歌	歌曲
アメリカ		美國

しゃしん	写真	照片
カメラ		照相機
せんげつ	先月	上個月

はしります	走ります	跑
でます	出ます	參加（〜に出ます）
〜め	〜目	第〜
〜まえに	〜前に	〜之前
〜くらい		〜左右
ジョギング		慢跑
いっしゅうかん	一週間	一週
ことし	今年	今年
マラソン		馬拉松
たいかい	大会	大賽
いそがしい	忙しい	忙碌的

🎵 030

山口　黄さんの 趣味は 何ですか。

黄　　写真を 撮ることです。

　　　カメラの 学校に 1年 通いました。

山口　いいですね。

　　　私も きれいな 写真を 撮りたいです。

黄　　山口さんの 趣味は 何ですか。

山口　旅行です。先月も アメリカへ 行きました。

黄　　いいですね。私も 旅行したいです。

01　動詞分類

第 I 類動詞 （五段動詞）	い段＋ます：「ます」的前面是「い段」的動詞 ●書^かきます　　●飲^のみます
第 II 類動詞 （上下一段動詞）	え段＋ます：「ます」的前面是「え段」的動詞＊ ●寝^ねます　　●食^たべます　　●覚^{おぼ}えます
第 III 類動詞 （變格動詞）	❶ 只有兩個不規則變化的動詞。 ❷ 動詞性名詞＋する ●します　　●来^きます ●運動^{うんどう}します　　●勉強^{べんきょう}します

【例外】「ます」的前面是「い段」的動詞：按規則，應該歸列為第 I 類動詞，但
　　　　是卻是第 II 動詞。例：

　●見^みます　●起^おきます　●います　●着^きます　●借^かります

　●足^たります　●降^おります　●できます　●浴^あびます

【動詞變化分類練習】

例 行^いきます （I）	勉強^{べんきょう}します （　）	会^あいます （　）
飲^のみます （　）	買^かいます （　）	歌^{うた}います （　）
寝^ねます （　）	読^よみます （　）	遊^{あそ}びます （　）
乗^のります （　）	します （　）	習^{なら}います （　）
来^きます （　）	帰^{かえ}ります （　）	起^おきます （　）
見^みます （　）	食^たべます （　）	覚^{おぼ}えます （　）

 學習重點 ·····························

02　辞書形

第Ⅰ類動詞 （い段→う段）	將「ます」去掉，最後一個假名，由い段假名改成う段假名。 ●飲^のみます→飲^のむ　　●行^いきます→行^いく ●帰^{かえ}ります→帰^{かえ}る
第Ⅱ類動詞 （ます→る）	將「ます」去掉，加上「る」。 ●食^たべます→食^たべる　●見^みます→見^みる
第Ⅲ類動詞	不規則變化 ●します→する　　●来^きます→来^くる

【動詞變化練習】

ます形	分類	辞書形	ます形	分類	辞書形
買^かいます	Ⅰ		読^よみます	Ⅰ	
寝^ねます	Ⅱ		行^いきます	Ⅰ	
食^たべます	Ⅱ		来^きます	Ⅲ	
します	Ⅲ		帰^{かえ}ります	Ⅰ	
見^みます	Ⅱ		乗^のります	Ⅰ	

86

031

03 趣味は ～ことです

興趣是～

» 旅行（りょこう）

→ 趣味（しゅみ）は 旅行（りょこう）です。

» ピアノを 弾（ひ）きます

→ 趣味（しゅみ）は ピアノを 弾（ひ）くことです。

【例句】

❶ 私（わたし）の 趣味（しゅみ）は 料理（りょうり）です。

❷ 私（わたし）の 趣味（しゅみ）は 水泳（すいえい）です。

❸ 私（わたし）の 趣味（しゅみ）は 野球（やきゅう）を することです。

❹ 私（わたし）の 趣味（しゅみ）は 映画（えいが）を 見（み）ることです。

❺ 私（わたし）の 趣味（しゅみ）は 日本語（にほんご）を 勉強（べんきょう）することです。

032

04 【ます形】 たい   想要～

>> 肯定形：～ま̶す̶ → ～たいです

行きます → 行きたいです。

寝ます → 寝たいです。

>> 否定形：～た̶い̶ + くない → ～たくないです

会いたいです → 会いたくないです。

【例句】

❶ タクシーに 乗りたいです。

❷ アメリカの 映画が 見たいです。

❸ 今日は 家へ 帰りたくないです。

❹ 日本の 大学に 通いたいです。

❺ 彼に 会いたくないです。

Tip

在「たい」句型中，經常會將前方表示動作內容的「を」換成「が」。

Tip

以日語表示「想要某物」時，會使用「～がほしい」。因此「我想要日文書」會說「日本語の本がほしいです」。「ほしい」是形容詞。

▶ 請依下方例句完成句子。

例

A 趣味は 何ですか。

B 絵を 描く ことです。

①

A 趣味は 何ですか。

B ＿＿＿＿＿＿＿＿＿＿＿＿＿＿＿＿＿＿ 。

②

A 趣味は 何ですか。

B ＿＿＿＿＿＿＿＿＿＿＿＿＿＿＿＿＿＿ 。

③

A 趣味は 何ですか。

B ＿＿＿＿＿＿＿＿＿＿＿＿＿＿＿＿＿＿ 。

④

A 趣味は 何ですか。

B ＿＿＿＿＿＿＿＿＿＿＿＿＿＿＿＿＿＿ 。

⑤

A 趣味は 何ですか。

B ＿＿＿＿＿＿＿＿＿＿＿＿＿＿＿＿＿＿ 。

Tip
● 絵 圖畫　● 描く 繪圖　　● ゲーム 遊戲　● 音楽 音樂　● 聞く 聽
● 本 書　● 読む 看　● 歌を 歌う 唱歌

▶ 請依下方例句完成句子。

例
想要做什麼？

A 何^{なに}が したいですか 。

B ごはんが 食^たべたいです 。

1 想要去哪裡？

A _____

B _____

2 想要吃什麼？

A _____

B _____

3 想要做什麼？

A _____

B _____

4 想要喝什麼？

A _____

B _____

Tip ● ごはん 飯　 ● アメリカ 美國　 ● 泳^{およ}ぐ 游泳　 ● お茶^{ちゃ} 茶

90

會話練習 ··· Exercises 3

▶ 請依下方提問和例句練習回答。

① _____ さんの 趣味(しゅみ)は 何(なん)ですか。

例 映画(えいが)を 見(み)る ことです。

_____

② 今(いま) 何(なに)が したいですか。

例 家(いえ)へ 帰(かえ)りたいです。／何(なに)も したく ないです。

_____

③ 週末(しゅうまつ)は 何(なに)を したいですか

例 友達(ともだち)と 遊(あそ)びに 行(い)きたいです。

_____

④ 夏休(なつやす)み/冬休(ふゆやす)みは 何(なに)を したいですか。

例 プールで 泳(およ)ぎたいです。

_____

▶ 請依照自己情況完成下方會話，或依下方中文說明作答。

A ＿＿＿＿＿さんの 趣味は 何ですか。

B ＿＿＿＿＿＿＿＿＿＿＿＿です。

A いいですね。私も ＿＿＿＿＿＿＿＿＿＿＿＿たいです。

B ＿＿＿＿＿さんの 趣味は 何ですか。

A ＿＿＿＿＿＿＿＿＿＿＿＿です。

B いいですね。私も ＿＿＿＿＿＿＿＿＿＿＿たいです。

A 黃先生的興趣是什麼？

B 拍照。我上了一年的攝影學校。

A 真不錯耶！我也想拍出漂亮的照片。

B 山口小姐的興趣是什麼？

A 旅行。上個月我去了美國。

B 真不錯耶！我也想去旅行。

033

私（わたし）の 趣味（しゅみ）

私（わたし）は 趣味（しゅみ）が 三（みっ）つ あります。

一（ひと）つ目（め）は 本（ほん）を 読（よ）む ことです。毎日（まいにち）寝（ね）る 前（まえ）に ３０分（さんじゅっぷん）くらい 本（ほん）を 読（よ）みます。

二（ふた）つ目（め）は ジョギングです。一週間（いっしゅうかん）に ３回（さんかい）くらい 家（いえ）の 近（ちか）くを １時間（いちじかん）くらい 走（はし）ります。今年（ことし）は マラソン大会（たいかい）に 出（で）たいです。

三（みっ）つ目（め）は 映画（えいが）を 見（み）る ことです。忙（いそが）しいですが、一週間（いっしゅうかん）に １回（いっかい）映画（えいが）を 見（み）ます。

▶ 請參考〔閱讀練習〕，並練習寫下自己的興趣。

Tip

「時間長度＋に＋次數」表示在某段時間內做～次。

Tip

「辭書形＋前（まえ）に」表示做某動作之前。

挑戰 JLPT

問題1 （　　　）に なにを いれますか。①・②・③・④から いちばん いい も
のを ひとつ えらんで ください。

1 私の 趣味は 映画を （　　　）です。

① 見るの　　　② 見る こと　　③ 見る もの　　④ 見るの こと

2 からい 料理が （　　　）。

① 食べます　　② 食べません　③ 食べたいです　④　　食べま

しょう

3 私の 趣味は 旅行 （　　　）ことです。

① し　　　　　② す　　　　　③ しる　　　　④ する

問題2 ＿＿＿＿＿の ぶんと だいたい おなじ いみの ぶんが あります。①・②・③・④から いちばん いい ものを ひとつ えらんで ください。

4 新しい 靴が ほしいです。

① 新しい 靴が 買いたいです。

② 新しい 靴が 売りたいです。

③ 新しい 靴が 作りたいです。

④ 新しい 靴が 見たいです。

問題3 ＿＿★＿＿に はいる ものは どれですか。①・②・③・④から いちばん いい ものを ひとつ えらんで ください。

5 今日は ＿＿＿＿＿ ＿＿＿＿＿ ＿★＿ ＿＿＿＿。

① 帰りたく　　② うちへ　　③ ないです　　④ あまり

生活字彙 ························· **Vocabulary**

感情 <ruby>感情<rt>かんじょう</rt></ruby>

<ruby>嬉<rt>うれ</rt></ruby>しい
開心的

<ruby>楽<rt>たの</rt></ruby>しい
愉快的

<ruby>面白<rt>おもしろ</rt></ruby>い
有趣的

<ruby>悲<rt>かな</rt></ruby>しい
悲傷的

<ruby>寂<rt>さび</rt></ruby>しい
寂寞的

<ruby>怖<rt>こわ</rt></ruby>い
害怕的

<ruby>感動<rt>かんどう</rt></ruby>する
感動

<ruby>興奮<rt>こうふん</rt></ruby>する
興奮

<ruby>心配<rt>しんぱい</rt></ruby>する
擔心

<ruby>腹<rt>はら</rt></ruby>が<ruby>立<rt>た</rt></ruby>つ
生氣

ドキドキする
心砰砰跳

ワクワクする
心情興奮期待

家へ帰って寝ます。

いえ　かえ　ね

回家睡覺。

point

01 動詞て形的變化

02 【て形】

 034

假名	漢字	中譯
つくります	作ります	做～
だします	出します	交（レポートを～）
あらいます	洗います	洗
やすみます	休みます	休息；休假
はいります	入ります	進入
きます	着ます	穿
あるきます	歩きます	走
やきます	焼きます	烤
レポート		報告
くうこう	空港	機場
かお	顔	臉
からだ	体	身體
ふく	服	衣服
いつも		總是
こんばん	今晩	今天晚上

しぶや	渋谷	澁谷

あびます	浴びます	淋
シャワー		淋浴
たまご	卵	蛋
ソーセージ		香腸
それから		然後

🎵 035

松本 陳さん、昨日 何を しましたか。

陳 渋谷へ 行って 映画を 見ました。
松本さんは？

松本 私は 友達に 会って おいしい ものを
食べました。

陳 いいですね。これから 何を しますか。

松本 家に 帰って 寝ます。陳さんは？

陳 図書館へ 行って 勉強します。

Tip
「これから」
是「接下
來～」的意
思。

100

01 動詞て形

第Ⅰ類動詞	依照「ます」前的第一個假名，而有不同的變化方式。 い、ち、り　→　って（買^かいます→買^かって） に、み、び　→　んで（飲^のみます→飲^のんで） き　　　　→　いて（聞^ききます→聞^きいて） ぎ　　　　→　いで（脱^ぬぎます→脱^ぬいで） し　　　　→　して（話^{はな}します→話^{はな}して） 【例外】行^いきます　→　行^いって
第Ⅱ類動詞	去掉「ます」後，再加上「て」。 ● 見^みます→見^みて　　　　● 食^たべます→食^たべて
第Ⅲ類動詞	不規則變化 ● します→して　　　　● 来^きます→来^きて

【動詞變化練習】

ます形	分類	て形	ます形	分類	て形
読^よみます	Ⅰ		来^きます	Ⅲ	
寝^ねます	Ⅱ		行^いきます	Ⅰ	
勉強^{べんきょう}します	Ⅲ		話^{はな}します	Ⅰ	
作^{つく}ります	Ⅰ		遊^{あそ}びます	Ⅰ	
帰^{かえ}ります	Ⅰ		食^たべます	Ⅱ	

學習重點 .... **Grammar**

 036

02 Vて～ 　　　　　　　　　　　　　　　　　　動作順序

【例句】

❶ 友達に 会って 話しました。

❷ 明日、レポートを 書いて 先生に 出します。

❸ 図書館に 行って 本を 読みましょう。

❹ 電車に 乗って 友達の 家へ 行きます。

❺ 学校に 来て ごはんを 食べて コーヒーを 飲んで
勉強しました。

 037

03 Vて から　Vます 　　　　　　　　　　　　做了～再做～

【例句】

❶ 手を 洗ってから、ご飯を 食べます。

❷ 少し 休んでから、勉強します。

❸ 宿題を してから、ゲームを します。

❹ 体を 洗ってから、お風呂に 入ります。

❺ お風呂に 入ってから、寝ます。

▶請完成下表。

	て形	辭書形		て形	辭書形
買います（　）			行きます（　）		
待ちます（　）			話します（　）		
乗ります（　）			教えます（　）		
走ります（　）			寝ます（　）		
帰ります（　）			着ます（　）		
死にます（　）			食べます（　）		
住みます（　）			します（　）		
休みます（　）			来ます（　）		
遊びます（　）			聞きます（　）		
働きます（　）			脱ぎます（　）		

▶ 請依下方例句完成句子。

例

● 友達に会います ● コーヒーを飲みます ● カラオケに行きます

A 昨日は 何を しましたか。

B 友達に 会って、コーヒーを 飲んで、

カラオケに 行きました。

❶
● 運動します ● 昼ごはんを食べます
● アルバイトに行きます

A 今日は 何を しますか。

B _____

❷
● 映画を見ます ● 食事をします ● 家に 帰ります

A 昨日の 夜は 何を しましたか。

B _____

❸
● 朝、起きます ● 顔を 洗います ● 服を 着ます

A 毎朝、何を しますか。

B _____

會話練習 ·························· Exercises 3

▶ 請依自己的情況回答下面問題。

① 昨日は 何を しましたか。

例 家へ 帰って ゲームを しました。

___

② 今日は 何を しますか。

例 友達に 会って 一緒に 遊びます。

___

③ いつも 週末は 何を しますか。

例 図書館へ 行って 本を 読みます。

___

④ 今晩 何を しますか。

例 家で 晩ごはんを 食べて テレビを 見ます。

___

▶ 請依照自己情況完成下方會話，或依下方中文說明作答。

A ＿＿＿＿＿＿さん、昨日 何を しましたか。

B ＿＿＿＿＿＿へ 行って(帰って)、＿＿＿＿＿＿ました。

＿＿＿＿＿＿＿＿さんは？

A 私は ＿＿＿＿＿＿て(で)、＿＿＿＿＿＿ました。

B いいですね。これからは 何を しますか。

A ＿＿＿＿＿に 行って(帰って)、＿＿＿＿＿＿ます。

＿＿＿＿＿さんは？

B ＿＿＿＿＿＿て(で)、＿＿＿＿＿＿ます。

A 陳先生，你昨天做了什麼？

B 我去了澀谷看電影。松本小姐呢？

A 我跟朋友見面，吃了好吃的東西。

B 真好！待會，妳要做什麼？

A 我要回家睡覺。陳先生呢？

B 我要去圖書館念書。

閱讀練習 ·· Reading

 038

<ruby>朝<rt>あさ</rt></ruby> <ruby>起<rt>お</rt></ruby>きて……

<ruby>今日<rt>きょう</rt></ruby>は <ruby>朝<rt>あさ</rt></ruby> <ruby>起<rt>お</rt></ruby>きて <ruby>運動<rt>うんどう</rt></ruby>を しました。<ruby>家<rt>いえ</rt></ruby>の <ruby>近<rt>ちか</rt></ruby>くを
<ruby>1時間<rt>いちじかん</rt></ruby>くらい <ruby>歩<rt>ある</rt></ruby>きました。<ruby>運動<rt>うんどう</rt></ruby>の <ruby>後<rt>あと</rt></ruby>、シャワーを
<ruby>浴<rt>あ</rt></ruby>びてから <ruby>朝<rt>あさ</rt></ruby>ごはんを <ruby>食<rt>た</rt></ruby>べました。<ruby>卵<rt>たまご</rt></ruby>と ソー
セージを <ruby>焼<rt>や</rt></ruby>いて <ruby>食<rt>た</rt></ruby>べました。おいしかったで
す。それから バスに <ruby>乗<rt>の</rt></ruby>って <ruby>学校<rt>がっこう</rt></ruby>へ <ruby>来<rt>き</rt></ruby>ました。

> **Tip**
> 「〜の<ruby>後<rt>あと</rt></ruby>」是
> 「〜之後」的
> 意思。

寫作練習 ·· Writing

▶ 請參考〔閱讀練習〕，並練習寫下今天早上所發生的事情。

問題 1 ＿＿＿＿ の ことばは どう よみますか。①・②・③・④から いちばん い
い ものを ひとつ えらんで ください。

1 きょうは うちへ 帰って、ごはんを 食^たべます。

① かって　　② かいて　　③ かえって　　④ かいって

2 きのうは ともだちに 会って、よるまで あそびました。

① あって　　② かって　　③ たって　　④ まって

問題 2 （　　）に なにを いれますか。①・②・③・④から いちばん いい も
のを ひとつ えらんで ください。

3 昼^{ひる}ごはんは 自分^{じぶん}で（　　　）食^たべます。

① 作^{つく}りて　　② 作^{つく}るて　　③ 作^{つく}って　　④ 作^{つく}んで

4 毎日^{まいにち}7時^{しちじ}に（　　　）会社^{かいしゃ}へ 行^いきます。

① 起^きいて　　② 起^きって　　③ 起^ききて　　④ 起^きっで

問題3 ___★___ に はいる ものは どれですか。①・②・③・④から いちばん いい ものを ひとつ えらんで ください。

5 きのうは _____ _____ ___★___ _____ かりました。

① 行って 　　② 本を 　　③ 図書館へ 　　④ 学校の

コラム

▶沖縄（沖縄）

　　位於日本西南方的島嶼，終年氣候都相當溫暖，即便是四月分也可以在海邊享受游泳的樂趣。無論是湛藍清澈的海洋，還是海水的色澤皆為亞洲首屈一指。

　　由於其歷史背景和地理位置有別於日本其他區域，使沖繩保有獨特的文化。除了日本國內旅客之外，也吸引很多國外觀光客造訪此地。

▶美ら海水族館（美麗海水族館）

　　沖繩話中「ちゅらうみ」的意思為「清澈而美麗的海洋」。如同其名，在這個水族館裡可以感受到澄澈大海的美，還可以在名為「黑潮之海」的水槽前，盡情觀賞世界上體型最大的鯊魚和魟魚等大型海洋生物游泳的英姿。

▶沖縄そば（沖繩蕎麥麵）

　　一般的「蕎麥麵」是使用蕎麥粉製作而成，但是沖繩的蕎麥麵卻是使用麵粉做成的。由於其湯底使用豬骨和鰹魚熬煮而成，因此相當清澈見底，除了麵條之外，還會加入肉、魚板等食材。

　　另外，有「ソーキそば」（五花肉蕎麥麵）之稱的蕎麥麵，熬煮湯頭的材料和麵條雖然與沖繩蕎麥麵相同，但其特色在於還加入了帶骨的五花肉。

沖繩海岸絕景象鼻岩

琉球王國國王曾居住的首里城

▶仙台（仙台）

距離東京東北方350公里，為北部地區最大的都市。在繁華區域裡，雖然高樓大廈和近代化的建築林立，但只要稍稍往郊區移動，就有截然不同的高山峻嶺、江水和大海等美麗的景觀，是極具魅力的都市。另外，由於市區到處都是林蔭大道，因此仙台又被稱作「杜の都」（森林之都）。

每年八月都會在此舉行東北三大祭之一的「仙台七夕まつり」（仙台七夕祭），吸引眾多觀光客前來朝聖。

▶牛タン（牛舌）

在日本全國各地都可以吃到牛舌，而仙台則牛舌的發源地而聞名。或許有一部分人對於牛舌有所

抗拒，但是它可是只要品嚐過一次，便足以讓人上癮的美味料理。仙台市區內有很多的店家，極具代表性的料理為「牛タン焼き」（烤牛舌）、「麦ご飯」（麥飯）和「テールスープ」（牛尾湯）的套餐組合。

▶ニッカウキスキー宮城峽蒸溜所（NIKKA 威士忌宮城峽蒸餾廠）

日本代表性的洋酒公司「NIKKA威士忌」在日本國內設有兩間蒸餾廠，其中一間位在仙台。唯有此地才能購買到名為Single Cask的最高等級威士忌酒。只要提前預約，便可以入內參觀酒廠，參觀完威士忌的製作過程後，還可以享受試喝與購物的樂趣。

◀仙台站附近的街景

宮城峽蒸餾廠

生活字彙 ·········· **Vocabulary**

乗り物（のりもの）　交通工具

バス
公車

電車（でんしゃ）
電車

地下鉄（ちかてつ）
地下鐵

モノレール
單軌電車

新幹線（しんかんせん）*
新幹線

タクシー
計程車

飛行機（ひこうき）
飛機

船（ふね）
船

自動車（車）（じどうしゃ くるま）
車

自転車（じてんしゃ）
腳踏車

バイク
機車

人力車（じんりきしゃ）
人力車

＊日本的高速鐵路

漫画を 読んで います。

正在看漫畫。

point

01 【て形】います（進行式）

02 【て形】います（表示狀態）

 單字 ••

🎵 039

假名	漢字	中譯
ききます	聞きます	聽
かけます		打電話（電話を～）
しります	知ります	知道，認識
もちます	持ちます	擁有
すみます	住みます	住
けっこんします	結婚します	結婚
かぶります		戴（帽子等）（ぼうしを～）
かけます		戴（眼鏡）（めがねを～）
きます	着ます	穿（襯衫等）（シャツを～）
はきます	履きます	穿（鞋，褲子）（くつを～）
かきます	書きます	寫
おしえます	教えます	教
うんてんします	運転します	開車
スマートフォン		智慧型手機
おんがく	音楽	音樂
でんわ	電話	電話
しごと	仕事	工作
いま	今	現在
きょねん	去年	去年
ジャケット		外套
ズボン		褲子
ティーシャツ		T恤

はんズボン	半ズボン	短褲
サンダル		涼鞋
スカート		裙子
ブーツ		靴子
サングラス		墨鏡
スーツ		西裝；套裝
ネクタイ		領帶
ワンピース		連身裙
くろい	黒い	黑的

まんが	漫画	漫畫
すぐに		馬上
えきまえ	駅前	車站前

かんこうけいえいがっか	観光経営学科	觀光經營系
れきし	歴史	歷史
いけばな	生け花	插花
しやくしょ	市役所	市公所
いっしょうけんめい	一生懸命	拚命

しつれいですが	失礼ですが	不好意思

會話 ······· Dialogue

040

井上　もしもし、黄さん。今、忙しいですか。

黄　　暇です。家で漫画を読んでいます。

井上　じゃあ、私の家へ遊びに来ませんか。

黄　　いいですね。井上さんの家はどこですか。

井上　私は駅前に住んでいます。

黄　　わかりました。すぐに行きます。

學習重點 ·················· **Grammar**

 041

01 　【て形】います

　　» 食べます → 食べて います
　　» 聞きます → 聞いて います
　　» します → して いません

> Tip
> 「進行式」
> 用法是指某
> 種動作或現
> 象正在進行
> 當中。

【例句】
▶ 01-1 動作正在進行

❶ スマートフォンで 音楽を 聞いて います。

❷ 父は 電話を かけて います。

❸ 今、友達と 遊んで います。

❹ 今、晩ごはんを 作って います。

❺ 家族と テレビを みて います。

▶ 01-2 反覆性的動作（習慣）

❻ 去年から 日本語を 勉強して います。

❼ 姉は 今 仕事を して いません。

042

02 【て形】います

» 知(し)ります → 知(し)っています
» 持(も)ちます → 持(も)っています

> **Tip**
> 「表示狀態」的用法是指某種動作或現象產生的結果繼續維持的狀態。

【例句】

❶ どこに 住(す)んでいますか。
→ 東京(とうきょう)に 住(す)んでいます。

❷ パソコンを 持(も)っていますか。
→ はい、持(も)っています。
→ いいえ、持(も)っていません。

> **Tip**
> 針對問句「～を知(し)っていますか」（知道…嗎），可以回答「はい、知(し)っています」（是，我知道），或是「知(し)りません」（不，我不知道）。否定回答不可以說「知(し)っていません」。

❸ 中村(なかむら)さんを 知(し)っていますか。
→ はい、知(し)っています。
→ いいえ、知(し)りません。

❹ 結婚(けっこん)していますか。
→ はい、しています。
→ いいえ、していません。

> **Tip**
> 「我結婚了」要說「結婚(けっこん)しています」。這句若直接翻成「我正在結婚」，感覺上不太自然，卻是正確的日語表現。因為結婚後，結婚的狀態仍會繼續維持，這是「～ています」表示「某動作的結果仍持續著」的用法。

043

▶ 表示穿著的用法

<ruby>帽子<rt>ぼうし</rt></ruby>を かぶって います。

<ruby>眼鏡<rt>めがね</rt></ruby>を かけて います。

ジャケットを <ruby>着<rt>き</rt></ruby>て います。

ズボンを <ruby>履<rt>は</rt></ruby>いて います。

<ruby>靴<rt>くつ</rt></ruby>を <ruby>履<rt>は</rt></ruby>いて います。

中文當中，無論是「穿衣服」或是「穿褲子」都是用「穿」這個動詞，但是日語會用不同的動詞。當穿著上半身的衣物時，要使用「<ruby>着<rt>き</rt></ruby>ます」；穿著下半身的衣物、襪子或鞋子時，則要使用「<ruby>履<rt>は</rt></ruby>きます」。

動詞	搭配該動詞使用的服裝或配件
かぶる 戴	<ruby>帽子<rt>ぼうし</rt></ruby> 帽子　ヘルメット 安全帽
かける 戴	<ruby>眼鏡<rt>めがね</rt></ruby> 眼鏡　サングラス 太陽眼鏡
<ruby>着<rt>き</rt></ruby>る 穿上半身	<ruby>服<rt>ふく</rt></ruby> 衣服　シャツ 襯衫　ジャケット 外套　コート 大衣
	セーター 毛衣　ワンピース 連身裙　パーカー 連帽衫
	タンクトップ 無袖上衣　フリース 刷毛衫
<ruby>履<rt>は</rt></ruby>く 穿下半身	ズボン 褲子　スカート 裙子　ストッキング 絲襪　タイツ 褲襪
	<ruby>靴下<rt>くつした</rt></ruby> 襪子　<ruby>靴<rt>くつ</rt></ruby> 鞋子　レギンス 內搭褲　ジーンズ 牛仔褲
する 戴	<ruby>腕時計<rt>うでどけい</rt></ruby> 手錶　ネクタイ 領帶　ピアス 穿洞耳環
	イヤリング 無洞耳環　ネックレス 項鍊
<ruby>持<rt>も</rt></ruby>つ 帶	かばん 包包

▶ 請依下方例句完成句子。

例

A 今、何を して いますか。

B 勉強して います。

①

A 今、何を して いますか。

B ＿＿＿＿＿＿＿＿＿＿＿＿＿＿＿＿＿＿＿。

②

A 今、何を して いますか。

B ＿＿＿＿＿＿＿＿＿＿＿＿＿＿＿＿＿＿＿。

③

A 今、何を して いますか。

B ＿＿＿＿＿＿＿＿＿＿＿＿＿＿＿＿＿＿＿。

④

A 今、何を して いますか。

B ＿＿＿＿＿＿＿＿＿＿＿＿＿＿＿＿＿＿＿。

Tip ● レポート ● 書きます ● 車 ● 運転します ● バス ● 乗ります

練習 2 ··· Exercises 2

▶ 請依下方例句完成句子。

例

_{ぼうし}
帽子を <u>かぶって います</u>。

Tシャツを <u>着て います</u>。
_き

_{はん}
半ズボンを <u>履いて います</u>。
_は

サンダルを <u>履いて います</u>。
_は

❶

_{めがね}
眼鏡を _____。

ジャケットを _____。

スカートを _____。

ブーツを _____。

❷

サングラスを _____。

スーツを _____。

ネクタイを _____。

_{くろ} _{くつ}
黒い 靴を _____。

▶ 請依自己的情況回答下面問題。

① 今、何を して いますか。

例 日本語を 勉強 して います。

---

② どこに 住んで いますか。

例 台北に 住んで います。

---

③ 結婚して いますか。

例 いいえ、結婚して いません。

---

④ 今、どんな 服を 着て いますか。

例 ワンピースを 着て います。

▶ 請依照自己情況完成下方會話，或依下方中文說明作答。

A もしもし、_____さん、今、忙しいですか。

B 暇です。_____。

A じゃあ、私の 家へ 遊びに 来ませんか。

B いいですね。_____さんの 家は どこですか。

A 私は _____に _____。

B わかりました。すぐに 行きます。

A 喂，黃先生，你現在在忙嗎？

B 我有空，正在家裡看漫畫。

A 那，要不要來我家玩？

B 好啊！井上小姐的家在哪？

A 我住在車站前。

B 我知道了，我馬上到！

🎵 044

私の 家族

私は 父と 母と 姉と 私の 4人家族です。

父は 公務員です。市役所で 働いて います。趣味は 歴史の勉強です。毎日 歴史の本を 1時間 読んで います。

母は デパートで パートを して います。最近は 生け花を 習って います。

姉は 会社員です。台北に 一人で 住んで います。まだ 結婚して いません。

私は 大学生です。台中の 大学に 通って います。観光経営学科で 勉強して います。試験が 近いですから、毎日 勉強して います。

▶ 請參考〔閱讀練習〕，並練習描寫自己家人的生活。

_____

_____

_____

_____

_____

_____

_____

_____

_____

_____

_____

_____

_____

問題1 (　　　)に なにを いれますか。①・②・③・④から いちばん いい もの を ひとつ えらんで ください。

1 木村（きむら）さんは 赤（あか）い 帽子（ぼうし）を （　　　） います。

① きて　　　　② はいて　　　③ かけて　　　④ かぶって

2 私（わたし）の 友（とも）だちは 高校（こうこう）で 英語（えいご）を （　　　） います。

① 教（おし）えて　　② 教（おし）えって　③ 教（おし）えりて　④ 教（おし）えんで

3 A 「失礼（しつれい）ですが、 結婚（けっこん）して いますか。」

　B「はい、結婚（けっこん）(　　　)。」

① します　　② しました　　③ して います　④ して いました

4 A 「山田（やまだ）さんの 電話番号（でんわばんごう）を 知（し）って いますか。」

　B「いいえ、（　　　）。」

① しりません　　　　　　② しって いません

③ しりませんでした　　　④ しって いませんでした

問題2 ＿＿＿＿ の ぶんと だいたい おなじ いみの ぶんが あります。①・②・
③・④から いちばん いい ものを ひとつ えらんで ください。

5 私は 学校で 仕事を して います。

① 私は 学校で 寝て います。

② 私は 学校で 働いて います。

③ 私は 学校で 遊んで います。

④ 私は 学校で 日本語を 習って います。

旅行（りょこう）　旅行

ホテル
飯店

旅館（りょかん） ＊
日式旅館

ゲストハウス ＊＊
民宿

シングル
單人房

ダブル
單床雙人房

ツイン
雙床雙人房

チェックイン
登記住房

チェックアウト
退房

温泉（おんせん）
溫泉

一日乗車券（いちにちじょうしゃけん）
一日乘車券

駅弁（えきべん）
車站便當

切符売場（きっぷうりば）
售票處

＊　傳統日式旅館內為榻榻米客房。
＊＊「民宿」「ペンション」「ゲストアウス」均是小型的旅遊住宿處。

遊びに 行っても いいですか。

我可以去玩嗎？

point

01 【て形】ください　請做～

02 【て形】も　いい　可以做～

假名	漢字	中譯
とめます	止めます	停（車）
はなします	話します	聊天
すわります	座ります	坐
しゅうしょくします	就職します	就業
あけます	開けます	開（門，窗等）
かります	借ります	借
かえします	返します	還
ちょっと		稍微
ゆっくり		慢慢地
パソコン		電腦
あたま	頭	頭
いたい	痛い	痛的
くすり	薬	藥
おなか	お腹	肚子

しずかにします	静かにします	使～安靜
ゆずります	譲ります	讓
きをつけます	気をつけます	小心，注意
マナー		禮儀
メール		簡訊；E-mail
おんせん	温泉	溫泉
いろいろ（な）	色々	各種
みずぎ	水着	泳衣
おゆ	お湯	熱水
タオル		毛巾

♫ 046

木村 林さん、この 本 ちょっと 借りても いい
ですか。

林 はい、いいですよ。でも、水曜日までに
返して ください。

木村 はい。わかりました。

林 水曜日、木村さんの 家へ 遊びに 行って
も いいですか。

木村 はい、いいですよ。駅から バスに 乗って
来て ください。

林 はい。わかりました。

 047

01 【て形】ください

請做～

>> 教(おし)える → 教(おし)えて ください

>> 来(く)る → 来(き)て ください

> **Tip**
>
> 「Ｖてください」是指請對方做某動作。

【例句】

❶ 英語(えいご)を 教(おし)えて ください。

❷ レポートを 出(だ)して ください。

❸ 明日(あした)は 8時(はちじ)に 教室(きょうしつ)へ 来(き)て ください。

❹ ちょっと 待(ま)って ください。

❺ ここに 車(くるま)を 止(と)めて ください。

❻ ゆっくり 話(はな)して ください。

 048

02 Vてもいいです／Vてはいけません

可以做～／不可以做～

» 飲みます　→　飲んでも いいです

» 飲みます　→　飲んでは いけません

【例句】

❶ トイレへ 行っても いいですか。

❷ ここに 座っても いいですか。

❸ ここで たばこを 吸っても いいですか。

❹ 危ないですから、入っては いけません。

❺ 教室で 食べ物を 食べては いけません。

❻ ここに 車を 止めては いけません。

▶ 請依下方例句完成句子。

例

A 寒^{さむ}いです。

B 服^{ふく}を <u>着^きて ください</u>。

❶

A お金^{かね}が ありません。

B アルバイトを ＿＿＿＿＿＿＿＿＿＿＿＿＿＿＿＿。

❷

A 頭^{あたま}が 痛^{いた}いです。

B 薬^{くすり}を ＿＿＿＿＿＿＿＿＿＿＿＿＿＿＿＿＿＿＿。

❸

A お腹^{なか}が 痛^{いた}いです。

B 病院^{びょういん}へ ＿＿＿＿＿＿＿＿＿＿＿＿＿＿＿＿＿。

❹

A 日本^{にほん}で 就職^{しゅうしょく}したいです。

B ＿＿＿＿＿＿＿＿＿＿＿＿＿＿＿＿＿＿＿＿＿＿。

▶ 請依下方例句完成句子。

例

| 明天 出去玩 |

A 明日 遊びに 行っても いいですか。

B1 はい、いいですよ。

B2 すみません、明日は ちょっと。

1 英文 說

A _____。

B1 はい、いいですよ。

B2 _____。

2 香菸 抽

A _____。

B1 はい、いいですよ。

B2 すみません、_____。

3 這裡 睡覺

A _____。

B1 はい、いいですよ。

B2 すみません、_____。

Tip 話します；たばこ；吸います；寝ます

練習 3 ·· Exercises 3

▶ 請依自己的情況回答下面問題。

例 ここで たばこを 吸います

ここで たばこを 吸っても いいです。

ここで たばこを 吸っては いけません。

① ここで 遊びます。

_____

② 美術館で 写真を 撮ります。

_____

_____

③ 図書館で 電話を かけます。

_____

_____

④ 寮で パーティーを します。

_____

_____

⑤ 窓を 開けます。

_____

_____

▶ 請依照自己情況完成下方會話，或依下方中文說明作答。

A _____さん、この 本 ちょっと 借りても いいですか。

B はい、いいですよ。でも、_____までに 返して ください。

A はい、わかりました。

B _____、_____さんの 家へ 遊びに 行っても いいですか。

A はい、いいですよ。駅から _____ 来て ください。

B はい。わかりました。

A 林小姐，我可以借一下這本書嗎？

B 好，可以。可是星期三之前要還給我。

A 好，我知道了。

B 星期三，我可以去木村先生家玩嗎？

A 好啊，可以。從車站搭公車來。

B 好，我知道了。

🎵 049

にほん
日本の マナー

でんしゃ　　　　　　　　　　　　　しず
電車や バスの中では 静かに してください。

でんわ
電話を かけては いけません。メールは しても いいです。

にほん　　　　おんせん
日本には 温泉が たくさん あります。

おんせん　　　　いろいろ　　　　　　　　　　　　　　　き
温泉には 色々なマナーが ありますから、気を つけてください。

ふく　ぬ　　　　　　にほん　おんせん　みずぎ　き
まず、服を 脱ぎます。日本の温泉は 水着を 着てはいけません。

からだ　あら　　　　　　おんせん　はい
そして、体を 洗ってから 温泉に 入ってください。

ゆ　なか　　　　　　　　　つか
お湯の中で タオルを 使っては いけません。

▶ 請參考〔閱讀練習〕，並練習描寫台灣的禮節。

❶ 在捷運或公車內

_____

_____

_____

_____

_____

_____

問題1 ＿＿＿＿＿の ことばは どう よみますか。①・②・③・④から いちばん い
い ものを ひとつ えらんで ください。

1 あしたまでに レポートを 出して ください。

　① たして　　　② だして　　　③ いだして　　　④ いづして

問題2 ＿＿＿＿＿の ことばは どう かきますか。①・②・③・④から いちばん い
い ものを ひとつ えらんで ください。

2 この ほん ちょっと かりても いいですか。

　① 借りても　　② 仮りても　　③ 貸りても　　④ 返りても

問題3 （　　　）に なにを いれますか。①・②・③・④から いちばん いい もの
を ひとつ えらんで ください。

3　すみませんが、窓を（　　　）ください。
　①開くて　　　②開けて　　　③開いて　　　④開きて

4　今日 学校を（　　　）いいですか。
　①体みて　　　②休みて　　　③体んでも　　　④休んでも

5　A「ここで たばこを 吸っても いいですか。」
　　B「すみません、（　　　）ちょっと。」
　①吸っても　　②吸っては　　③たばこを　　④ここでは

コラム

▶名古屋（名古屋）

　　僅次於東京、橫濱和大阪，為全國人口數排名第四名的大都市，同時也是中部地區政治、經濟、文化和交通的核心地帶。以「栄エリア」「名古屋駅エリア」等繁華商圈為中心，連接密集的地下商場和地鐵網絡，非常適合觀光。雖然名古屋位於東京和大阪之間，感覺上較不起眼，但深入了解後，你將會發現名古屋是個具有獨特文化的魅力之都。

▶トヨタ産業技術記念館
　（豐田產業技術紀念館）

　　由聞名世界的汽車製造商豐田集團旗下經營的博物館。分成「纖維機械館」和「汽車館」兩大區域，當中分別展示「棉線織成布品的技術」和「汽車的原理及其開發生產技術」的變遷，讓民眾可以深入了解。

位於名古屋繁華商圈內的綠洲 21

名古屋城

▶味噌カツ（味噌豬排）

　　指的是在炸豬排上方淋上味噌醬後食用（一般的吃法是淋上炸豬排醬料）。有許多種料理方式，可以將豬

排直接當成一道菜食用，也可以做成「カツどん」（豬排蓋飯）或「カツサンド」（豬排三明治）食用。

▶神戸（神戸）
こうべ

　　神戸市位於大阪西方約35公里
處，在山和海的包圍之下，形成了東
西向的長廊，為日本代表性的港口都
市。早期海洋運輸業繁盛，與外國間
的貿易相當盛行。19世紀時，移居
神戶市區的外國人在此建造了居住區
域，同時蓋了很多西洋式建築，成為
現今神戶市重要的觀光景點。

神戶港塔和神戶港全景

▶麻耶山（摩耶山）
まやさん

　　位於神戶北部、高702公尺的山
峰。搭乘空中纜車直達山頂附近的
「掬星台」（掬星台瞭望台），便能
きくほしだい
欣賞到日本三大夜景之一的美麗神戶
夜景。在神戶長大的少女們都有的心
願之一，便是在神戶夜景的襯托之下
接受求婚。

▶そばめし（炒麵飯）

　　將炒麵和飯一起放在鐵板上拌
炒，並加入醬料提味的炒飯。有一位
在大阪燒店內用午餐的男子，看到老
闆正在鐵板上炒麵，便拜託老闆將炒
麵和便當裡的飯一同拌炒，進而誕生
了這道料理。直到現在某些神戶的大
阪燒店，仍提供將吃剩下的飯與炒麵
一同拌炒的服務。

▶從摩耶山上遠眺的神戶夜景

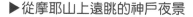

生活字彙 .... Vocabulary

びょういん
病院　醫院

いしゃ
医者
醫生

かんごし
看護師
護理師

はいしゃ
歯医者
牙醫

しんさつ
診察
看診

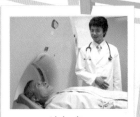

けんさ
検査
檢查

ちりょう
治療
治療

ちゅうしゃ
注射
打針

にゅういん
入院
住院

たいいん
退院
出院

くすり
薬
藥

やっきょく
薬局
藥局

しょほうせん
処方箋
處方箋

日本へ 行った ことが ありますか。

你去過日本嗎？

point

01 動詞た形的變化

02 【た形】ことが あります　曾經有～經驗

 050

假名	漢字	中譯
わかります	分かります	了解
しょうかいします	紹介します	介紹
なっとう	納豆	納豆
ベトナム		越南
いちども	一度も	一次都（不）～（用於否定句）
ひこうき	飛行機	飛機
うめぼし	梅干し	梅乾
げいのうじん	芸能人	藝人
がいこく	外国	外國

すごい		厲害的

めずらしい	珍しい	少見的；稀奇的
けいけん	経験	經驗
ヘリコプター		直升機
オーストラリア		澳洲
りょうきん	料金	費用
カエル		青蛙
にく	肉	肉
メキシコ		墨西哥
こわい	怖い	恐怖的
いがいと	意外と	出乎意料的
かぶき	歌舞伎	歌舞伎

🎵 051

金 呉さんは 日本へ 行った ことが ありますか。

呉 はい、あります。去年 沖縄へ 行きました。

金 すごいですね。私は 行った ことが ありません。

呉 そうですか。

金 でも、北海道へ 行った ことは あります。

呉 来年 北海道へ 旅行に 行きたいです。

金 いいですね。いい写真を 撮ってください。
お土産 も忘れないで くださいね。

金 はい、わかりました！

學習重點 ·····························

01　動詞た形

第 I 類動詞	依照「ます」前的第一個假名，而有不同的變化方式。 い、ち、り　→　った（買います→買った） に、み、び　→　んだ（飲みます→飲んだ） き　　　　　→　いた（聞きます→聞いた） ぎ　　　　　→　いだ（脱ぎます→脱いだ） し　　　　　→　した（話します→話した） 【例外】行きます　→　行った
第 II 類動詞	去掉「ます」後，再加上「た」。 ● 見ます→見た　　● 食べます→食べた
第 III 類動詞	不規則變化 ● します→した　　● 来ます→来た

【例句】

ます形	分類	た形	ます形	分類	た形
読みます	I		来ます	III	
寝ます	II		行きます	I	
勉強します	III		話します	I	
作ります	I		遊びます	I	
帰ります	I		食べます	II	

> **Tip**
>
> 「た形」的變化規則與「て形」相同，也就是說只要將て形的「て／で」改成「た／だ」，即為「た形」的用法。

148

02 【た形】 ことが あります 052

» 見ます
　→見た　→ 見た ことが あります

» 食べます
　→食べた → 食べた ことが ありません

【例句】

① 日本の 映画を 見た ことが あります。

② 一度も 納豆を 食べた ことが ありません。

③ 飛行機に 乗った ことが ありますか。

④ 日本の 漫画を 読んだ ことが ありますか。

⑤ 聞いた ことは ありますが、よく わかりません。

⑥ ベトナム料理を 食べた ことが ありません。

03　ない形

第Ⅰ類動詞 （い段 →あ段＋ない）	將「ます」去掉→最後一個假名，由「い段」假名改成「あ段」假名，再加上「ない」。 ●飲みます→飲まない　●行きます→行かない ●帰ります→帰らない
第Ⅱ類動詞 （ます→ない）	將「ます」去掉→加上「ない」。 ●食べます→食べない　●見ます→見ない
第Ⅲ類動詞	不規則變化 ●します→しない　●来ます→来ない

【例外】　第Ⅰ類動詞中的「Ⅴいます」要改成「Ⅴわない」；還有「あります」的
　　　　　「ない形」是「ない」。
　　　　　●会います　→　会わない　　●あります　→　ない

【動詞變化練習】

ます形	分類	ない形	ます形	分類	ない形
買います	Ⅰ		読みます	Ⅰ	
寝ます	Ⅱ		行きます	Ⅰ	
食べます	Ⅱ		来ます	Ⅲ	
します	Ⅲ		帰ります	Ⅰ	
見ます	Ⅱ		乗ります	Ⅰ	

053

04 V-ないでください　　　　　　　請不要做～

Tip

要求、指示
對方不要做
某動作。

» 行きます
　→行かない　→行かないでください

» 食べます
　→食べない　→食べないでください

» します
　→しない　→しないでください

» 来ます
　→来ない　→来ないでください

【例句】

❶ お酒を 飲んでから、運転しないで
　ください。

❷ 電車の中で 電話を かけないで
　ださい。

❸ 危ないですから、入らないで ください。

❹ 教室で 食べものを 食べないで
　ださい。

▶ 請依下方例句完成句子。

例

| 日本
去 | A 日本に 行った ことが ありますか。
（にほん）（い）

B はい、あります。／いいえ、ありません。 |

❶　梅乾
　　吃

A _____

B はい、あります。／いいえ、ありません。

❷　藝人
　　見

A _____

B はい、あります。／いいえ、ありません。

❸　日本人
　　說話

A _____

B はい、あります。／いいえ、ありません。

❹　外國
　　去

A _____

B はい、あります。／いいえ、ありません。

Tip ● 梅干し（うめぼ）　● 芸能人（げいのうじん）　● 話す（はな）　● 外国（がいこく）

▶ 請依下方例句完成句子。

例
おんがく き
音楽を聞きます

おんがく き
→音楽を聞かないでください。

❶ ここに車を止めます

_____

❷ しゅくだい わす
宿題を忘れます

_____

❸ まど あ
窓を開けます

_____

❹ たばこを吸います
す

_____

❺ くろ は
黒いくつを履きます

_____

❻ テレビを見ます
み

_____

會話練習 ····· Exercises 3

▶ 請依自己的情況回答下面問題。

① 日本に行ったことがありますか。

例 はい、あります。／いいえ、ありません。

_____

② 危ないですから…。

例 お酒を飲んでから、運転しないでください。

_____

③ 寒いですから…。

例 窓を開けないでください。

_____

④ 台湾料理を食べたことがありますか

例 はい、あります。／いいえ、ありません。

_____

154

▶ 請依照自己情況完成下方會話，或依下方中文說明作答。

A ＿＿＿＿＿さんは＿＿＿＿＿ことが ありますか。

B ＿＿＿＿＿＿＿＿＿＿＿＿＿。

A すごいですね。＿＿＿＿＿ことが ありません。

B そうですか。じゃあ、＿＿＿＿ことは ありますか。

A ＿＿＿＿＿＿＿＿＿＿＿＿＿。

B ＿＿＿＿＿＿＿＿＿＿＿＿＿＿＿。

A 吳先生你去過日本嗎？

B 有的，我去年去了沖繩。

A 好厲害。我沒去過。

B 這樣啊！那妳去過北海道嗎？

A 不，沒有。不過，明年我想去那裡旅行。

B 真好！我也想去。

054

珍しい経験

私の 珍しい 経験を 三つ 紹介します。

私は ヘリコプターに 乗ったことが あります。

去年 オーストラリアで 乗りました。

おもしろかったですが、料金は とても 高かったです。

それから、私は カエルの 肉を 食べたことが あります。

メキシコ料理の 店で 食べました。意外と おいしかったで
す。

それから、私は 日本で 歌舞伎を 見たことがあります。

日本人の 友だちと 一緒に 見に 行きました。

歌舞伎の 日本語は あまり わかりませんでしたが、

とても きれいでした。

寫作練習 ··· Writing

▶ 請參考〔閱讀練習〕，並練習描述自身的獨特經歷。

_____

_____

_____

_____

_____

_____

_____

_____

_____

_____

_____

_____

問題 1 ＿＿＿＿＿ の ことばは どう よみますか。①・②・③・④から いちばん い
い ものを ひとつ えらんで ください。

1 わたしは にほんに 住んだ ことが あります。

① かんだ　　② もんだ　　③ とんだ　　④ すんだ

2 らいねん、旅行に 行きたいです。

① ろこう　　② よこう　　③ りゅこう　　④ りょこう

問題 2 （　　　）に なにを いれますか。①・②・③・④から いちばん いい も
のを ひとつ えらんで ください。

3 私は オーストラリアに 行った（　　　）が あります。

① の　　　　② もの　　　③ こと　　　④ ころ

4 私は 昨日 初めて 歌舞伎を（　　　）。

① 見ました　　　　　　② 見て います

③ 見た ことが あります　　④ 見た ことが ありました

問題3 つぎの ことばの つかいかたで いちばん いい ものを ①・②・③・④から
ひとつ えらんで ください。

5 一度も

① 肉を 一度も 食べたいです。

② この 映画を 一度も 見ましょう。

③ 一度も お酒を 飲んだ ことが あります。

④ 田中さんには 一度も 会った ことが ありません。

病気・風邪の 症状
びょうき・かぜの しょうじょう

生病、感冒的症狀

頭が 痛い
あたま いた

頭痛

お腹が 痛い
なか いた

肚子痛

喉が 痛い
のど いた

喉嚨痛

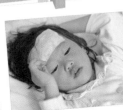

熱が 出る
ねつ で

發燒

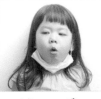

咳が 出る
せき で

咳嗽

鼻水が 出る
はなみず で

流鼻水

鼻が 詰まる
はな つ

鼻塞

下痢を する
げり

拉肚子

吐き気が する
は け

想吐

寒気が する
さむけ

發冷

めまいが する

暈眩

だるい

身體痠痛發懶

160

附録

中文翻譯

Lesson 11

■ **會話** P. 12

中村：好大的校園喔！圖書館在哪裡？

林　：在那裡。在主建築的旁邊。

中村：很近耶！也有咖啡廳嗎？

林　：有的，在圖書館裡。

中村：今天沒什麼學生地！

林　：因為今天是星期日。

■ **學習重點**

01　1. 田中同學在教室。

　　2. 今天沒有錢。

　　3. 路上沒有貓。

　　4. 公園裡有漂亮的花。

　　5. 有外國朋友。

　　6. 鈴木先生家裡有庭院。

02　1. 校園裡有便利商店。

　　2. 我家公寓的附近有醫院。

　　3. 電影院在那裡。

　　4. 電視前面有貓。

■ **閱讀練習** P. 19

我的家

我家是公寓，位於台北市。離捷運站不會太遠，車站附近有間大超市，超市裡人總是很多。公寓後有座山，山裡有松鼠還有鳥之類的。

Lesson 12

■ **會話** P. 26

張　：小林小姐，您家裡有幾個人？

小林：5 位，父母以及 2 個哥哥。

張　：小林小姐，您有兩個哥哥啊？
　　　真好！

小林：張小姐，您家有幾個人？

張　：我也是 5 位。父母及姐姐和妹妹。

小林：是姐姐和妹妹啊？我真羨慕張小姐。

■ **學習重點**

01　1. 家裡有幾個人？

　　→我家有 4 個人，有父母及弟弟。

　　2. 有幾個兄弟姐妹？

　　→有弟弟，是兩個兄弟姐妹。

　　→沒有兄弟姐妹。

　　3. 陳先生家有 6 個人，有父母、3 位姐姐。

　　4. A　有兄弟姐妹嗎？

　　　B　沒有。

02　》我家有 3 個人，我是獨生子。

　　》山田先生是兄弟姐妹共 4 人，他是老么。

│ 例句 │

　　1. 我今年 20 歲，是大學生。

　　2. 我父親是大學教授，我母親是小學老師。

　　3. 我哥哥是公司職員，我弟弟是高中生。

■ **閱讀練習** P. 34

我的家人

我家有個 4 人，有父母及妹妹。父親是公司職員，喜歡喝酒。母親是家庭主婦，是一位溫柔的人。妹妹是大學生，明年即將畢業。我是求職中的學生，目前有點辛苦。還有，我家有貓，貓也是我的重要家人。

Lesson 13

■ 會話　P. 40

吳　：加藤小姐，您今天要做什麼？
加藤：我要在圖書館念書，吳先生你呢？
吳　：我要跟朋友去看電影。
加藤：真好！你週末要做什麼呢？
吳　：星期六我要和女朋友去遊樂園。
　　　加藤小姐妳呢？
加藤：我哪也不去。

■ 學習重點

01-1
1. 每天 11 點睡。
2. 林先生 9 點來這裡。
3. 明天要幾點起床？
　　→ 6 點起床。
4. 每天 9 點到 5 點上班。

01-2
5. 明天不上學。
6. 你明天要去哪？
　　→去遊樂園。

02　》要吃什麼？
　　　→吃拉麵。
　　》要喝什麼？
　　　→喝咖啡。
　　》要做什麼？
　　　→踢足球。

1. 2 點到 4 點念日文。
2 今天晚上要做什麼？
　　→看 DVD。
3. 每天晚上 9 點到 10 點看書。
4. 每天早上什麼都沒吃。

03　1. 鈴木先生要來嗎？
　　　→是的，他要來。
　　　→不，他不要來。

2. 明天要念英文嗎？
　　→是的，要念。
　　→不，不要念。
3. 您喝酒嗎？
　　→是的，喝。
　　→不，不喝。
4. 他抽菸嗎？
　　→是的，他抽。
　　→不，他不抽。
5. 她打網球嗎？
　　→是的，她打。
　　→不，她不打。

04　1. 6 點起床。
2. 在食堂跟朋友吃午餐。
3. 星期日去朋友家。
4. 每天早上 6 點到 7 點運動。
5. 每天搭公車去上班。

■ 閱讀練習　P. 48

我的一天

我早上 6 點起床，7 點吃早餐，9 點去上學，上到 12 點。跟朋友吃飯吃到 1 點，之後喝咖啡。4 點開始運動 1 個小時。6 點回家。7 點吃晚餐，9 點看新聞。之後上網，11 點就寢。

Lesson 14

■ 會話　P. 56

佐藤：昨天妳做了什麼？
張　：跟高中同學見面。佐藤先生呢？
佐藤：我跟朋友去喝酒。
張　：那星期天你做了什麼？
佐藤：我在淡水搭了船。張小姐妳呢？
張　：我哪裡也沒去。

■ 學習重點

01
1. 背片假名。
2. 買了車。
3. 在咖啡店喝了咖啡。
4. 沒喝酒。
5. 沒念日文。
6. 沒和佐藤一起看電影。

02
》跟朋友見面。
》搭計程車。
1. 相隔許久，與媽媽見了面。
2. 一早搭了電車。
3. 昨天朋友見面了嗎？
　　→是的，見了面。
　　→不，沒見面。
4. 昨天搭了公車嗎？
　　→是的，搭了。
　　→不，沒有搭。

■ 閱讀練習　P. 62

我的生日
我跟家人在附近的歐式自助餐吃飯。在那裡吃了許多我最喜歡的壽司及生魚片，很好吃！之後我們去唱卡拉 OK。我喜歡唱歌，我一直唱。我媽媽也唱了許多曲子，我爸爸沒唱多少。這真是開心的生日。

Lesson 15

■ 會話　P. 69

山田：陳小姐，星期日妳打算要做什麼？
陳　：沒有特別要做什麼。
山田：那，要一起去看電影嗎？
陳　：好啊！要看什麼呢？
山田：我們去看日本電影吧！
陳　：好啊！那我們 10 點在新宿車站的東口見！

■ 學習重點

01
1. 我們學校餐廳見！
2. 午餐要吃什麼？
　　→吃拉麵吧！
3. 要不要一起喝咖啡？

　　→好啊，一起喝。
　　→不好意思，咖啡我不太……。

02
1. 去圖書館看書。
2. 週末去海邊玩。
3. 回宿舍吃飯。
4. 來台灣學中文。

■ 閱讀練習　P. 75

在日本要做的事
我明天四月要到東京打工渡假。要念書，也要旅行。要去京都、北海道、富士山等等各個地方玩。還要在便利商店、餐廳等等地方打工。我非常期待。

Lesson 16

■ 會話　P. 84

山口：黃先生的興趣是什麼？
黃　：拍照。我上了一年的攝影學校。
山口：真不錯耶！我也想拍出漂亮的照片。
黃　：山口小姐的興趣是什麼？
山口：旅行。上個月我去了美國。
黃　：真不錯耶！我也想去旅行。

■ 學習重點

03
》興趣是旅行。
》興趣是彈琴。
1. 我的興趣是做菜。
2. 我的興趣是遊泳。
3. 我的興趣是打棒球。
4. 我的興趣是看電影。
5. 我的興趣是學日文。

04
1. 我想搭計程車。
2. 我想看美國電影。
3. 我今天不想回家。
4. 我想上日本的大學。
5. 我不想見他。

■ 閱讀練習　P. 93

我的興趣
我的興趣有三個。一個是看書，我每天睡覺前會閱讀 30 分鐘。第二個是慢跑，我一

週跑 3 次，在家附近約跑 1 小時。今年想參加馬拉松大會。第三個是看電影。我雖然很忙，但是一個星期會看 1 次電影。

Lesson 17

■ 會話　P. 100

松本：陳先生，你昨天做了什麼？
陳　：我去了澀谷看電影。松本小姐呢？
松本：我跟朋友見面，吃了好吃的東西。
陳　：真好！待會妳要做什麼？
松本：我要回家睡覺。陳先生呢？
陳　：我要去圖書館念書。

■ 學習重點

02　1. 跟朋友見面聊天。
　　2. 明天寫好報告交給老師。
　　3. 我們去圖書館看書吧！
　　4. 搭電車去朋友家。
　　5. 來學校吃了飯、喝了咖啡，念了書。

03　1. 洗手之後吃飯。
　　2. 稍微休息之後再念書。
　　3. 做了功課之後再玩電動。
　　4. 洗好身體之後再泡澡。
　　5. 洗好澡之後再睡覺。

■ 閱讀練習　P. 107

早上起床後……

今天早上我起床後去運動，在家附近走了約 1 小時。運動後我淋了浴再吃早餐。我煎了蛋、香腸吃。很好吃！之後，我搭了來公車上學。

Lesson 18

■ 會話　P. 116

井上：喂，黃先生，你現在在忙嗎？
黃　：我有空，正在家裡看漫畫。
井上：那，要不要來我家玩？
黃　：好啊！井上小姐的家在哪？

井上：我住在車站前。
黃　：我知道了，我馬上到！

■ 學習重點

01-1　1. 用智慧手機聽音樂。
　　　2. 我爸爸正在打電話。
　　　3. 我現在跟在跟朋友玩耍。
　　　4. 我現在正在做晚餐。
　　　5. 我現在正和家人看電視。

01-2　6. 去年開始學日文。
　　　7. 我姐姐現在沒在工作。

02　1. 你住哪？住在東京。
　　2. 你有電腦嗎？
　　　是的，有。／不，沒有。
　　3. 你認識中村先生嗎？
　　　是的，認識。／不，不認識。
　　4. 你結婚了嗎？
　　　是的，結婚了。／不，我還沒結婚。

▶表示穿著的用法
　　身上裝扮
　　戴著帽子。
　　戴著眼鏡。
　　穿著外套。
　　穿著褲子。
　　穿著鞋子。

■ 閱讀練習　P. 139

我的家人

我家有 4 個人，有爸爸、媽媽、姐姐和我。
我的爸爸是公務員，在市公所上班，興趣是歷史，他每天都看 1 小時的歷史書。
我的媽媽在百貨公司做計時工作，最近在學插花。
我的姐姐是公司職，在台北一個人住，還沒結婚。
我是大學生，上台中的大學，是觀光經營學系。考試快到了，我天都拼命在念書。

Lesson 19

■ 會話　P. 132

木村：林小姐，我可以借一下這本書嗎？

林　：好，可以。可是星期三之前要還給
　　　我。

木村：好，我知道了。

林　：星期三，我可以去木村先生家玩
　　　嗎？

木村：好啊，可以。從車站搭公車來。

林　：好，我知道了。

■ 學習重點

01　1. 請教我英文。
　　2. 請交出報告。
　　3. 明天 8 點請到教室來。
　　4. 請稍等。
　　5. 請將車停在這裡。
　　6. 請慢慢說。

02　1. 我可以去上廁所嗎？
　　2. 我可以坐在這裡嗎？
　　3. 可以在這裡吸菸嗎？
　　4. 很危險，不可以進來。
　　5. 不可以在教室裡吃東西。
　　6. 不可以把車停在這裡。

■ 閱讀練習

日本的禮儀　P. 139

在電車或公車中請安靜，不可以打電話，
但是可以傳簡訊。

日本有很多溫泉，泡溫泉有許多禮儀，請
注意！

首先，要脫衣服，泡日本溫泉不可穿泳
衣。接下來洗好身體再泡溫泉。在溫泉中
不可以使用毛巾。

Lesson 20

■ 會話　P. 147

清水：吳先生你去過日本嗎？

吳　：有的，我去年去了沖繩。

清水：好厲害。我沒去過沖繩。

吳　：這樣啊！

清水：不過我去過北海道。

吳　：明年我也想去北海道旅行。

清水：不錯啊！拍個好照片喔！也別忘了
　　　伴手禮喔！

吳　：好的，沒問題！

■ 學習重點

02　1. 我看過日本電影。
　　2. 我一次也沒有吃過納豆。
　　3. 你搭過飛機嗎？
　　4. 你看過日本漫畫嗎？
　　5. 我有聽過，但是不太了解。
　　6. 我沒吃過越南料理。

04　1. 喝酒後請勿開車。
　　2. 電車中請勿打電話。
　　3. 很危險，請勿進入。
　　4. 請勿在教室吃東西。

■ 閱讀練習

我的珍奇經驗　P. 156

我來介紹自己的三個珍奇經驗。

我曾搭過直升機，是去年在澳洲搭乘的。
很有趣，但是費用很高。

然後，我吃過青蛙肉，是在墨西哥的料理
店吃的。吃之前有我有點害怕，但是意外
的好吃。還有我在日本看過歌舞伎，是和
朋友一起去看的。我不太懂歌舞伎的日
文，但是歌舞伎非常漂亮。

解答

Lesson 11

■ 練習1　P. 16
① 家の前にいます。
② 本館の隣にあります。
③ あそこにいます。
④ 映画館の隣にあります。

■ 會話練習（回答例）
① 淡水です。家の近くに MRT の駅があります。
② 大学の近くにあります。学校の向かいです。
③ 母がいます。

■ 挑戰 JLPT！
① 3　② 2　③ 1　④ 3　⑤ 2

Lesson 12

■ 練習1　P. 31
① 3人家族です。夫と息子がいます。
② 7人家族です。祖父、祖母、父と母と兄と妹がいます。

■ 練習2
① お父さんとお母さんとお兄さんが二人います。
② お婆さんとお爺さんとご両親と妹がいます。

■ 會話練習（回答例）
① 3人家族です。父と姉がいます。
② いいえ、一人子です。

■ 挑戰 JLPT！
① 1　② 3　③ 1　④ 4　⑤ 2

Lesson 13

■ 練習　P. 45
① 図書館で本を読みます。
② 友達と映画を見ます。
③ 8時に起きます。
④ 実家へ帰ります。

■ 會話練習（回答例）
① 友達とカラオケへ行きます。
② バイトをします。
③ 友達と映画を見ます。

■ 挑戰 JLPT！
① 2　② 2　③ 2　④ 4　⑤ 1

Lesson 14

■ 練習　P. 59
① はい、しました。
② いいえ、帰りませんでした。
③ はい、買いました。
④ いいえ、乗りませんでした。

■ 會話練習（回答例）
① 友達と一緒に映画を見ました。
② 日本語を勉強しました。
③ アメリカへ行きました。
④ 10時半に寝ました。
⑤ 6時に起きました。

■ 挑戰 JLPT！
① 3　② 1　③ 2　④ 3　⑤ 4

Lesson 15

■ 練習　P. 72

❶A：お酒を飲みませんか。
　B：いいですね。お酒を飲みましょう。
　A：何を飲みましょうか。
　B：ビールを飲みましょう。

❷A：テニスをしませんか。
　B：いいですね。しましょう。
　A：どこでしましょうか。
　B：学校でしましょう。

❸A：遊びに行きませんか。
　B：いいですね。行きましょう。
　A：どこへ行きましょうか。
　B：遊園地へ行きましょう。

■ 挑戦 JLPT！

❶4　❷2　❸1　❹3　❺4

Lesson 16

■ 練習1　P. 89

❶ゲームをすることです
❷音楽を聞くことです。
❸本を読むことです。
❹歌を歌うことです。
❺ピアノを弾くことです。

■ 練習2

❶A：どこへ行きたいですか。
　B：アメリカへ行きたいです。
❷A：何を食べたいですか。
　B：ラーメンを食べたいです。
❸A：何をしたいですか。
　B：泳ぎたいです。
❹A：何を飲みたいですか。
　B：お茶を飲みたいです。

■ 會話練習（回答例）

❶本を読むことです。
❷海へ行きたいです。

❸友達に会いたいです。
❹旅行に行きたいです。

■ 挑戦 JLPT！

❶2　❷3　❸4　❹1　❺1

Lesson 17

■ 練習1　P. 103

ます形（分類）	て形	辞書形
買います（Ⅰ）	買って	買う
待ちます（Ⅰ）	待って	待つ
乗ります（Ⅰ）	乗って	乗る
走ります（Ⅰ）	走って	走る
帰ります（Ⅰ）	帰って	帰る
死にます（Ⅰ）	死んで	死ぬ
住みます（Ⅰ）	住んで	住む
休みます（Ⅰ）	休んで	休む
遊びます（Ⅰ）	遊んで	遊ぶ
働きます（Ⅰ）	働いて	働く

行きます（Ⅰ）	行って	行く
話します（Ⅰ）	話して	話す
教えます（Ⅱ）	教えて	教える
寝ます　　（Ⅱ）	寝て	寝る
着ます　　（Ⅱ）	着て	着る
食べます（Ⅱ）	食べて	食べる
します　　（Ⅲ）	して	する
来ます　　（Ⅲ）	来て	来る
聞きます（Ⅰ）	聞いて	聞く
脱ぎます（Ⅰ）	脱いで	脱ぐ

■ 練習2

❶運動して昼ごはんを食べてアルバイトに
　行きます。
❷映画を見て食事をして家に帰りました。
❸朝、起きて顔を洗って服を着ます。

■ 會話練習（回答例）

❶日本語を勉強してテニスをしました。
❷友達と食事をして映画を見ます。

❸勉強して運動します。
❹ゲームをして宿題をします。

■ 挑戦 JLPT！
❶ 3　❷ 1　❸ 3　❹ 3　❺ 1

Lesson 18

■ 練習 1　P. 120
❶　朝ごはんを食べています。
❷　勉強しています。
❸　運転しています。
❹　バスに乗っています。

■ 練習 2
❶かけています
　着ています
　履いています
　履いています
❷かけています
　着ています
　しています
　履いています

■ 挑戦 JLPT！
❶ 4　❷ 1　❸ 3　❹ 1　❺ 2

Lesson 19

■ 練習 1　P. 135
❶してください
❷飲んでください
❸行ってください
❹日本語を勉強してください

■ 練習 2
❶A：英語を話してもいいですか。
　B1：はい、いいですよ。
　B2：すみません、英語はちょっと。
❷A：たばこを吸ってもいいですか。
　B1：はい、いいですよ。

B2：すみません、たばこはちょっと。
❸A：ここで寝てもいいですか。
　B1：はい、いいですよ。
　B2：すみません、ここはちょっと。

■ 練習 3
❶ここで遊んでもいいです。
　ここで遊んではいけません。
❷美術館で写真を撮ってもいいです。
　美術館で写真を撮ってはいけません。
❸図書館で電話をかけてもいいです。
　図書館で電話をかけてはいけません。
❹寮でパーティをしてもいいです。
　寮でパーティをしてはいけません。
❺窓を開けてもいいです。
　窓を開けてはいけません。

■ 挑戦 JLPT！
❶ 2　❷ 1　❸ 2　❹ 4　❺ 4

Lesson 20

■ 練習 1　P. 152
❶梅干を食べたことがありますか。
❷芸能人を見たことがありますか。
❸日本人と話したことがありますか。
❹外国へ行ったことがありますか。

■ 練習 2
❶ここに車を止めないでください。
❷宿題を忘れないでください。
❸窓を開けないでください。
❹たばこを吸わないでください。
❺黒いくつを履かないでください。
❻テレビを見ないでください。

■ 挑戦 JLPT！
❶ 4　❷ 4　❸ 3　❹ 1　❺ 4

單字索引

附録　單字索引

附録　單字索引

173

國家圖書館出版品預行編目（CIP）資料

讚！日文初學 20 堂課 2：從五十音進擊日文（寂天雲隨身
聽 APP 版）/ 甘英熙等著；關亭薇譯 .-- 初版 .-- 臺北市
：寂天文化, 2022. 06-
　　冊；　公分
ISBN 978-626-300-137-4（第 2 冊：16K 平裝）

1.CST: 日語 2.CST: 讀本

803.18　　　　　　　　　　　　　　　111008706

讚！日文初學 20 堂課
—— 從五十音進擊日文 2

作　　者	甘英熙／三浦昌代／佐伯勝弘／佐久間司朗／青木浩之
審　　訂	田中結香
譯　　者	關亭薇
編　　輯	黃月良
校　　對	洪玉樹
排　　版	謝青秀
製程管理	洪巧玲
出 版 者	寂天文化事業股份有限公司
發 行 人	黃朝萍
電　　話	+886-(0)2-2365-9739
傳　　真	+886-(0)2-2365-9835
網　　址	www.icosmos.com.tw
讀者服務	onlineservice@icosmos.com.tw

出版日期　2024 年 04 月　初版再刷（寂天雲隨身聽 APP 版）(0102)
郵撥帳號　1998-6200　寂天文化事業股份有限公司
・訂書金額未滿 1000 元，請外加運費 100 元。
〔若有破損，請寄回更換，謝謝。〕